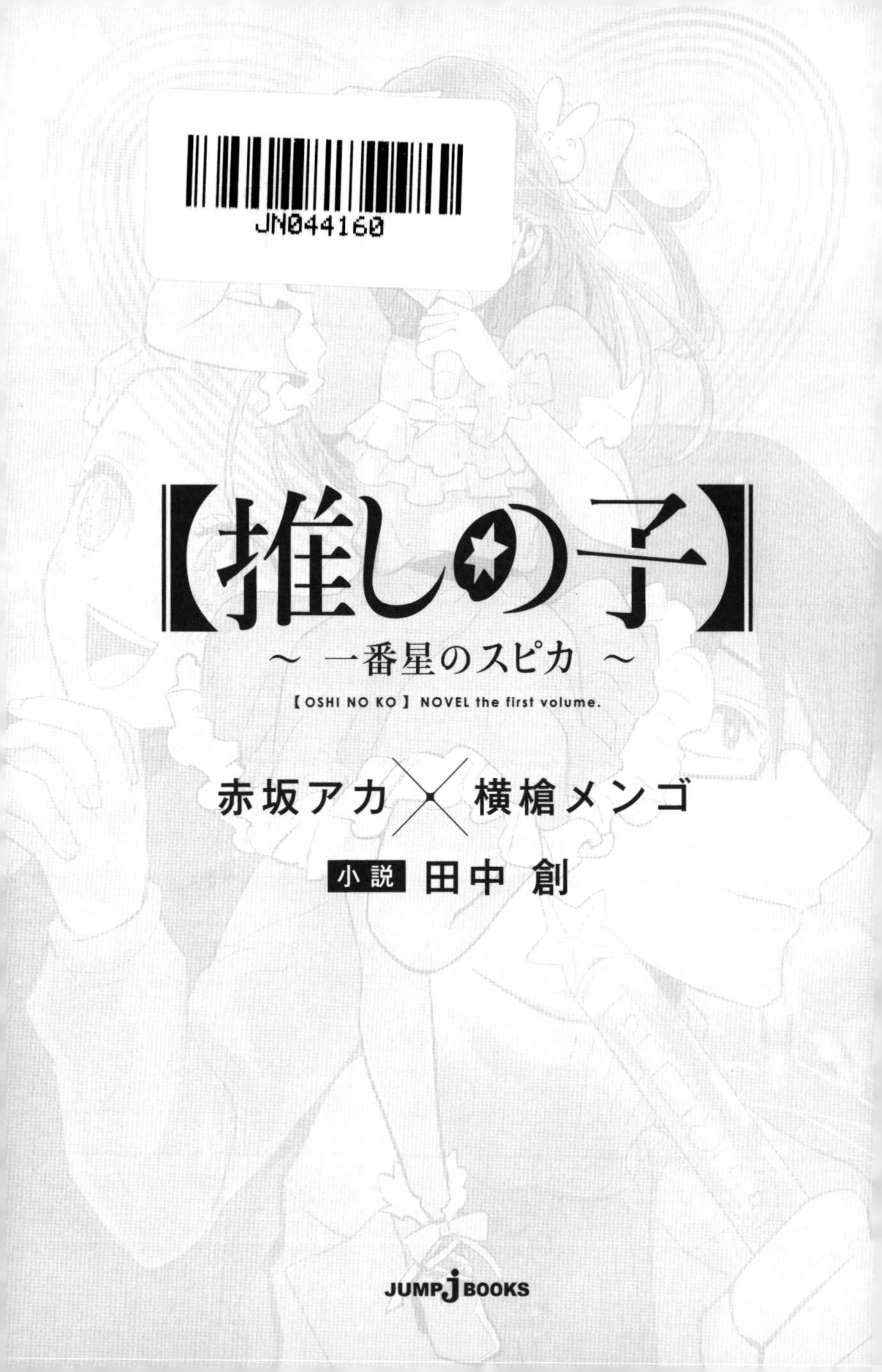

【推しの子】
～ 一番星のスピカ ～

【OSHI NO KO】 NOVEL the first volume.

赤坂アカ × 横槍メンゴ

小説 田中 創

JUMP j BOOKS

【OSHI NO KO】

SPICA THE FIRST STAR

CONTENTS

CHARACTE
人物紹介
【斉藤壱護】
SAITO ICHIGO
アイの所属する芸能事務所・苺プロダクションの社長。
所属事務所
【斉藤ミヤコ】
SAITO MIYAKO
【星野アイ】
HOSHINO AI
アイドルグループ"B小町"の絶対的センターとして活躍。
ゴロー
GORO
地方都市で産婦人科医として勤務。元々のアイ推しだが、妊娠中の彼女をストーカーから守る犠牲となり死亡。
さりな
SARINA
ゴローが勤務していた病院の入院患者。難病により12歳で他界。双子は互いに正体に気付いていない。
転生
転生
双子
【星野愛久愛海】
HOSHINO AQUAMARINE
通称・アクア。
【星野瑠美衣】
HOSHINO RUBY
通称・ルビー。
OSHI NO KO

第一章

【OSHI NO KO】

SPICA THE FIRST STAR

chapter 1

「――私、もうアイドルやめるね」

星野《ほしの》アイは、できる限りの笑顔を作ってそう告げた。

こういう話で、重々しい空気になるのは苦手なのだ。だから口調はなるべく軽く。ダイエットのために間食をやめる。気分じゃない日には学校に行くのをやめる。そのくらいのラフな感覚で、「アイドルをやめる」と告げてみた。平和で穏便に事が済むなら、それが一番。

しかし、その目論見《もくろみ》は上手《うま》くいかなかった。アイの言葉を聞いた相手は、尋常ではないほどの動揺を見せてしまったのである。

「おいおいおい、ちょっと待て！」

声を荒らげているのは、この事務所の社長だ。名前はたしか佐藤《さとう》さんだったたか伊藤《いとう》さんだったたか、たぶんそんな感じ。

その社長が、下顎《したあご》が外れそうなほどにあんぐりと口を開け、アイを見つめている。

「やめる？　お前今、アイドルやめるって言ったのか？　マジで？」

ここは、芸能プロダクション、『苺《いちご》プロ』の会議室。もっとも、会議室とは名ばかりで、実質は応接室と小道具保管室、それから社長の喫煙所も兼ねた、六畳程度の物置である。

弱小事務所にはよくあることだ。

アイは夕方からの三時間のダンスレッスンを終えた後、スポーツウェアのままこの会議室を訪れていた。着替え途中の他のメンバーの目を盗んで、ひとりきりで。

その理由は他でもない。社長に、所属するアイドルユニット「B小町《こまち》」からの脱退を告げるためだ。

「いわゆる卒業っていうか？　ぼちぼち潮時かなあって」

やめると告げたアイの瞳を、社長は唖然《あぜん》とした様子で見据えていた。何言ってんだこのバカは――という視線が、サングラスを通して突き刺さってくる。

「潮時ってお前、アイドル始めてまだ三カ月ってところじゃねえか。いくらなんでも早すぎるだろ」

「別に、三カ月で卒業しちゃダメって決まりはないんでしょ？」

社長は「まあないけど」と眉間《みけん》に皺《しわ》を寄せた。

「冗談だろ？　なあ、冗談だって言ってくれ」

「冗談じゃないよ。もうやめるって決めたし」

アイがきっぱりと切り捨てると、社長は眉尻をへの字に下げて、困ったような表情を浮かべた。

問題児を目の前にした大人は、大抵皆こういう顔をする。アイにとっては昔から見慣れた表情だった。施設の職員も学校の先生も、みんな同じ。面倒くさい子を見る目だ。

社長は「はあ」とため息をついた。

「なんでだよ。アイ、お前はB小町のセンターだろ。カメラ割りも歌割りも、お前が一番多いんだ。なにが不満なんだよ」

社長の背中には、会議用のホワイトボードが置かれている。そのボードにマグネットで留められているのは、先週下北沢《しもきたざわ》で行ったライブイベントの告知チラシだ。ライブを合同開催した他のふたつの地下アイドルグループと一緒に、B小町の写真が印刷されている。

そしてそのB小町の写真のうち、一番目立って写っているのがアイだ。小首を傾《かし》げ、両手でハートマークを作ったぶりっ子ポーズ。さすがにこれはちょっとバカっぽかったなあ――と、いまさらながら思う。

もっとも、アイドルをやめると決めた今では、それもどうでもいいことだけれど。

「不満とかは別にないけど」アイは肩を竦《すく》めた。「やめたいからやめる、じゃダメ？」

「ダメに決まってんだろ」社長は唇を尖らせた。「B小町も、ようやく軌道に乗ってきたところなんだ。まだ地下アイドル扱いとはいえ、ライブをやりゃあ箱《ハコ》はそれなりに埋まる。客も苺《ウ》プロ《チ》のスタッフたちも、お前らには期待してんだよ。なのに、そこでセンターのお前がいきなり抜けちまったらどうなる。今までの苦労が全部水の泡だろうが」

社長の説教を、アイは右から左に聞き流す。B小町の状況なんて、言われずともよくわかっていた。

B小町は、結成から三カ月の新人アイドルユニットである。アイを含めて、現在のメンバーは七名。皆ローティーンの女の子たちだ。

他のメンバーはもともと苺プロに所属していた中学生モデルたちなのだが、アイだけは立場が違う。つい去年までは、芸能界とはまったく無縁の生活をしていた。

そして、それこそが問題なのだ。

「私さ、B小町に入った経緯が他の子と違うじゃん」

アイが言うと、社長が「ああ」と頷《うなず》いた。

「街をフラついてたお前を、俺が直々《じきじき》にスカウトした。光るモンを感じたからな」

才能を感じてくれた。そう言われること自体は気分も悪くない。

「うん。私やっぱりめちゃくちゃ可愛《かわい》いからね。そこはホントその通りだと思うよ」

「相変わらず自己肯定感の塊だな。別にいいけど」

社長の半ば呆《あき》れたような反応に「そうそう」と頷き返し、アイは続ける。

「実際、いきなりセンターに抜擢《ばってき》だったわけだし。社長の見る目は正しかったと思うよ」

「そいつはどうも」

「でもなんかさ、そういうの気に食わないっぽくて」

「気に食わないって、誰が」

「B小町のみんな」

芸能活動の実績がない新人が、どういうわけか即センターに抜擢。他の創設メンバーからすれば、こんなに腹が立つことはないだろう。ぽっと出の素人《しろうと》が、一番目立つ席を奪ってしまったのだから。

「なんかあったのか。他のメンバーと」

社長に問われ、アイは「まあそんな感じ」と言葉を濁《にご》した。

「私がいない方が、みんなの雰囲気良くなる気がするんだよ」

アイの言葉に、社長は「むう」と唸《うな》った。

「まあ、お前がセンターになって以降、たしかにちょっとピリピリしてるみたいだけど」

「ちょっとピリピリっていうか、かなりギスギス？」

アイのセンターポジションが不動のものとなり、早一カ月。他のメンバーからの風当たりはますます強くなってきている。

控え室での陰口《かげぐち》や舌打ちなんてザラだし、B小町の裏サイトであることないことを書かれたこともあった。やれ「アイは空気読めない」とか「ただカワイイだけの子ってアイドルに相応《ふさわ》しくないよね」だとか。

もちろん彼女たちの書きこみは匿名《とくめい》だし、誰に咎《とが》められることもない。ただ、どう見ても内部の人間にしかわからないような内容も書きこまれていることから、それが確実にメンバーの誰かの仕業だということは明らかだった。なんとも周到なやり口だと思う。

その他にも、衣装や小道具にイタズラをされることもあった。ステージ用のリボンや靴が失くなるのは日常茶飯事《さはんじ》。ライブの前日にアイの衣装がゴミ箱に丸めて捨てられていることもあった。こういう類《たぐい》の嫌がらせは、地味にこたえる。

「私としては、『またかー』って感じなんだけどね。学校でも施設でも、これまでそういうことって結構あったし」

十二年ちょっとの人生で、アイが学んだことがふたつある。

ひとつは、自分はどうも色々なことが「普通」からズレているらしいということ。見た目や物の考え方、育ち、生活環境。そういったものが、アイは同年代の他の人たちと大きく異なっている。周りに気味悪がられるのが、慣れっこになってしまうほどに。

そしてもうひとつ学んだのは、「普通」の人間は、「普通」ではない者を、どうしても受け入れられないということだ。「普通」の人たちは、「普通」からズレた者たちを攻撃し、外に追いやろうとする。そうすることで「普通」の世界を守ろうとしているのだ。まるで童話のアヒルたちが、自分たちと毛色の違う子アヒルを群れから追い出してしまうように。

それはもう、もともと生きものに備わった本能のようなものなのかもしれない。

つまりアイは、どんな集団にいようと浮いてしまうのである。学校でも施設でもB小町でも同じ。アイは「普通」のみんなにとっての「毛色の違うアヒルの子」なのだ。

これはもう仕方ない。この状況を良くするためには、色違いのアヒルの子を外に追い出すしかない。

「B小町がギスギスしてるから、お前が抜けるってのか」

社長の目に見つめられ、アイは「そうだよ」と頷いた。

「前に社長、言ってたでしょ。たとえ嘘《うそ》でも愛してるって言っていいって。愛してるって言ってるうちに、嘘が本当になるかもしれないって」

「そんなことも言ったな」

社長が頷いた。スカウトのとき、彼が告げた言葉だ。

誰かを愛した経験も、愛された経験もない自分でも、愛を叫んでいい――。本当にそんなことができるのかが気になって、アイはあのとき彼の誘いに乗った。まだ、そんなに昔の話ではない。

「でもさ、結果は全然逆になっちゃった」

「逆？」

「私が頑張れば頑張るほど、Ｂ小町のみんなはイライラしちゃうっぽい。みんなを愛するどころか、憎しみが広がっちゃってる感？　こういうのなんかなあ、って思っちゃうんだ」

Ｂ小町には、毎日アイに嫌がらせを仕掛けてくる子たちがいる。いくら慣れているとはいっても、剝《む》き出しの悪意をぶつけられて嬉《うれ》しい気分にはならない。

ネットで陰口を書かれた日には、なんだかやる気が失せる。私物を壊されたりした日には、どうしてもため息が増えてしまう。

アイドルは笑顔が大事なんていうけれど、こんな状況じゃ笑うに笑えない。それでもカメラの前で無理やり笑顔を作らなければならないときには、なにもかもが馬鹿《ばか》らしく思えてしまうのだ。

いったい私、なんのためにアイドルやってるんだっけ――と。

「まあ、お前が言いたいこともわかるけどさ」

社長は困ったような表情を浮かべた。灰皿の上の吸いさしの煙草《たばこ》を咥《くわ》え直し、「ふう」と紫煙《しえん》を吐く。

「諦《あきら》めんのはまだ早いだろ。頑張っても上手くいかねぇなんて、人生よくある話だぞ」

「そりゃあ社長は、人生なにをやっても上手くいかないタイプなんだろうけど……」

アイがそう返すと、社長は「げふん!?」と勢いよくむせてしまった。肺に入れた煙を逆流させてしまったようだ。

「ちょ、ちょっと待て。いやお前さ、いくらなんでもその言い方はちょっと酷《ひで》えだろ」

「だって社長、現に人生上手くいってないっぽいじゃん」

「おま、いったいなにを……」

「借金まみれだし、この事務所の経営だってろくに上手くいってないし……。おまけにキャバクラでヤケ酒キメて嬢にウザ絡みした結果、店から手ひどく出禁食らっちゃったりもしてるんでしょ？」

「いやまあそうだけど！　お前の言う通りなんだけど！　つーか誰から聞いたんだそれ!?」

「ミヤコさん」

彼女は、苺プロに所属するスタッフのひとりである。とてもスタイルの良いキレイ系女子で、かつてはレースクイーンやイベントコンパニオンとしても活躍していたことがあるらしい。

特別親しいというわけではないが、この事務所の中では、アイがまともな会話ができる数少ない相手のひとりだった。

アイは、じっと社長のサングラスを見つめた。

「ねえ社長、辛いことも色々あるんだろうけど、元気出して？」

「おいやめろ！　そんな憐《あわ》れみの目で俺を見るな！　マジ悲しくなるから！」

社長は頭を抱えつつ、「ったく」とため息をついた。

「そうやって空気ガン無視でズケズケ言いたいこと言っちまうんだからなあ……。ホントすげえよ、お前は」

「そう？　ありがと」

アイが微笑《ほほえ》み返すと、社長は「褒めてねえよ！」と顔をしかめた。

「なんか、他のメンバーがお前に対して当たりがキツくなるってのも、ちょっとわかる気もする。俺はお前のそういうところも嫌いじゃねえが……やっぱりムカつくやつはとことんムカつくんだろうと思うぜ」

「そうなのかなあ」

アイはただ、自分が思ったことや感じたことを素直に口にしているだけだ。別に周囲に気に入られようとも、嫌われようともしているわけではない。

「んー。やっぱりさ。私が雰囲気悪くしてるなら、いなくなった方がいい気がする」

「いや、お前が一〇〇パー悪いとは言わねえさ。むしろやっかみ抱えちまう連中の方に、大いに問題がある」

社長は短くなった煙草を灰皿に押しつけると、億劫《おっくう》そうに懐《ふところ》から新たな一本を取り出した。そこに火をつけ、話を続ける。

「まあ、そもそもこの業界、どこもそんなモンだけどな」

「そんなもんって？」

「嫉妬《しっと》と嫌がらせの嵐ってこと。ウチみたいな弱小だろうと、紅白《こうはく》に出るような大手だろうと、どこでも同じだよ。アイドルの本質は変わらねえ」

「アイドルの本質？」

「自分より目立つ子がいればムカつく。ムカつく子は引きずり下ろしたくなる。要するに、出る杭《くい》は全力でぶっ叩くの精神だな。表向きでは『メンバーみんな仲良し』なんて謳《うた》っていても、そんなグループはどこにもない」

なにせアイドルってのは、承認欲求のカタマリだからな——と、社長は呟《つぶや》いた。

アイもこの数カ月で、それはよくわかっていた。アイドルというものが、見た目ほど華々しい存在ではないということを。

社長は複雑な表情で続けた。

「メジャーなグループでもときどきあるだろ。人気絶頂のメンバーが、突然引退を発表しちまうってやつ。ああいうのって蓋《ふた》を開けてみれば、メンバー内でめちゃめちゃエグいイジメが行われてました——とか、業界あるあるだからな」

「あー、よく暴露系の週刊誌とかで後々《あとあと》ネタにされてるやつだ」

社長はどこか冷たい表情で、煙草を灰皿の上でもみ消した。

「成功したアイドルの陰には、何百何千って敗者がいる。そういう世界だからな。みんな生き残るために必死なんだよ。えげつない競争に晒《さら》されて心をすり減らした結果、手段を択《えら》ばず他人の足を引っ張る輩《やから》も出てきちまうって話。お前だって、そういう気持ちはわかるだろ」

アイは「うーん」と首を傾げた。

アイにとってステージの上で歌うのは、あくまで仕事である。お客さんたちに喜んでもらったり、可愛いと言ってもらったりするのだって、その延長線上のことだ。

だから別に、B小町の誰がセンターだろうが、誰が一番人気だろうが、自分には関係ないことだと思っている。

「仮に私よりも他の子の方に人気があったとしても、私は別に、その子を蹴落としたいとは思わないな」

アイが言うと、社長は不思議そうに「へえ」と目を見開いた。

「その心は？」

「だってファンからの人気って結局、外からの評価でしかないし。そんなの、どうでもいいかなーって」

「どうでもいいって、どういう意味だ？」

「他人に褒められてもディスられても、自分は自分じゃない？　ステージ位置がセンターだろうが舞台袖《そで》だろうが、アイドルとしてやることは変わらないわけだし」

アイの返答に、社長が「あー……」と困った表情を浮かべた。

「なるほど、そういうパターンね。こりゃ厄介《やっかい》だな」

「厄介って、なにが？」

「周りの連中との温度差の話。お前はやっぱ変わってるよ。良くも悪くもな」

変わってる。そう評価されるのは、もはや慣れっこだ。

結局、すべての原因はそこなのだろう。自分は「普通」ではないから。空気が読めないから。だから自分は、みんなのことが理解できない。アイドルの「普通」も、人間の「普通」も、よくわからない。

「なんかさあ。色々考えちゃうんだよね。あれ、やっぱり私、アイドルとか向いてなかったんじゃない？　って」

アイが言うと、社長は「そんなわけないっての」と首を横に振った。

「なあ、頼むよアイ。考え直してくれないか」

社長は両手のひらを顔の前で合わせ、アイに深々と頭を下げた。

「新曲だって上がってきたばかりだろ。次のステージも決まってるんだ。今センターのお前に抜けられたら、俺もB小町も終わりなんだよ」

「んー。そうかな」アイは首を傾げた。「別に私が抜けたって、他の子をセンターにするなり、また新しい子を探すなりすればいいんじゃないの？」

アイドルなんて、世の中には掃いて捨てるほどいる。当然その中には、アイよりも歌やダンスが上手で、おまけに人付き合いが上手い子だっているはずだ。社長だってすぐ、代わりを見つけることができるだろう。

「誰がセンターやったって、さすがに今より悪くなることはないと思うし」

社長は「いや、そんなことは……」と言いかけ、口を噤《つぐ》んだ。

彼も心のどこかでは「センターを代えれば、B小町の雰囲気も良くなるかもしれない」と、思っているのかもしれない。

その考えは、たぶん正解。まともな人なら、誰だってそう考える。だからアイは社長の考えを後押しするように、にこりと笑みを浮かべてみせた。

「社長だって、B小町には上手くいってほしいと思ってるんでしょ」

「当たり前だろ。お前らを育てるために、どんだけ投資してると思ってるんだ」

「だったらさ、迷う必要なくない？」

社長は「ったく」と後ろ頭を掻《か》いた。そのまま内ポケットに手を伸ばし、再び煙草の箱を取り出す。だがあいにく中身は空だったようで、彼はその空き箱を手の中で握り潰してしまった。苛立《いらだ》たしげに、ぐしゃりと。

「それじゃ、お前はどうすんだよ」

唐突に問われ、アイは「え？　私？」と目を丸くする。「なにが？」

「アイドルやめてどうすんだって話。普通の女の子に戻りまーすってか」

普通の女の子。私が本当に「普通」だったら、そもそもアイドルをやめるなんて思っていなかったかもしれない。なんだか皮肉だなあ――とアイは思う。

「アイドルやめたとしても、特になにも変わらないと思うよ。今だって別に私、芸能人って感じでもないし」

そう。B小町は、単なる地下アイドルでしかない。ただ一応、事務所に所属しているというだけ。そこに一般人との差はないと思っている。

多少ライブに来てくれる人が増えてきたとはいえ、テレビに出ているわけでもなければ、CDがオリコンチャートに入っているわけでもない。せいぜい、インターネットのラジオ番組を一本持っているくらいのものだ。

そんな地下アイドルが卒業するなんて言っても、世の中的には大した問題ではない。〝国民的〟と名の付くアイドルが業界を去るならいざ知らず、この国に何百といる売れないアイドルのひとりが消えていくだけなのだ。ただ誰にも知られず、ひっそりと。そんなの、ネットでは誰も相手にしない。

アイは腕を組み、「でも、そうだなあ」と頷いた。

「事務所を辞めたら、もうちょっとちゃんと学校に行こうかな。私の頭じゃどうせ高校とかには行けないだろうし……中学生のうちに、学生ライフを満喫しとくのもいいかも」

アイがそう言うと、社長は「そうか」と重々しく頷いた。そのままじっとアイの目を見て、告げる。

「腹は決まってるってことか」

「うん」

「じゃあしょうがねえ」社長は深いため息をついた。「学生ライフを満喫するなり、お前の好きにすればいいさ」

「それって、アイドルやめていいってこと?」

「どーせこれ以上俺があれこれ言ったって、もう聞かないんだろ」

「おお、社長、わかってるじゃん」

社長は「別にわかりたくもねえけどな」と顔をしかめた。

この人とはせいぜい半年程度の付き合いだったが、それなりにアイのことをよく見ていてくれていたようだ。結局こっちは、最後まで名前は覚えられなかったけれど。

「それじゃあまあ、そういうことで」

アイは席を立とうとしたのだが、社長が「あ」となにかを思い出したように声を上げた。

「いや、ちょっと待て」

「え?」

「やめる前に、ひとつ仕事を頼みたい」

「仕事?」

アイは首を傾げた。いったいなんだというのだろうか。

「今度の日曜、ちょっと俺に付き合ってくれ。最後に一個、お前にやってもらいたいことがあるんだ」

※

視界いっぱいに立ち並ぶ高層ビル。夏の太陽を受けてきらきらと輝くショーウィンドウ。休日の昼間だということもあって、銀座《ぎんざ》の人出は多い。

信号の切り替わりと共に、人の一団が大量に流れ動く。アイはなぜかふと、昔テレビで見た南の海を泳ぐ魚の群れを思い出した。小さな魚たちが群れを作り、大きな魚に対抗しようとする映像。それは、魚たちに備わった一種の防衛本能だという。

群れたがるのは、魚も人も変わらないのかな――。アイがそんなことを考えていると、脇を歩く社長が「どうした?」と声をかけてきた。

「浮かない顔だな。さっきのイタリアン、口に合わなかったのか」

「別に、そういうわけじゃないけど」

アイはそう返して、横断歩道を渡る。

社長に会議室で「やめる」と告げたのが、つい五日ほど前のことだ。それからいつもの曲のレッスンやらネットチェキ会やらを惰性《だせい》でこなしているうちに、日曜日になった。

アイは最後の仕事ということで、社長にこうして繁華街へと連れ出されていた。

もっとも、いきなり仕事場に連れていかれたわけではなく、最初はランチをご馳走《ちそう》してもらうところから始まった。向かった先は銀座駅そばのファミリー向けイタリアンレストラン。全国展開している有名なチェーン店だ。学生がドリンクバーだけで何時間でも粘れるような、カジュアルでお財布に優しいお店である。

社長が「あ、もしかしてアレか」と眉をひそめた。

「三百円のドリアじゃ不満だったか？　ああいうファミレスとかって普通、芸能事務所の社長に連れられて入るような店じゃないもんな」

「そんなことないよ。私ドリア好きだし。社長も事務所も貧乏だって知ってるし」

「ハッキリ言うのなお前。まあ事実だけど」

社長が「ははは」と困ったように笑う。そんな彼の服装は、無地のワイシャツに紺《こん》のスラックスという地味なスタイル。時計もノーブランド。お気に入りのサングラスだけは海外製らしいが、他は全部シンプルな安物だ。一般的にイメージする「業界人」とか「社長」という姿からは程遠い身なりである。本人も言う通り、それだけお金に困っているということだ。

社長は肩を落とし、「はあ」と首を振った。

「いや、俺だってホントは寿司《すし》とか鰻《うなぎ》とか食わせてやりてえよ。高《た》っけえ焼酎《しょうちゅう》とか頼んでみたりしてえよ。でもなあ、世の中は弱者に厳しいんだ」

「まあほら、これからB小町が売れてけば、社長もウハウハになるんじゃないの？　焼酎だってきっと、ジュース感覚でがぶがぶ飲めるよ」

「ならいいけどな」社長は、じっとりと恨みがましい視線をアイに向けた。「でもそのB小町の稼ぎ頭が抜けるとか言いだしたから、俺の人生設計にも暗雲が立ちこめてるわけなんだけど」

これ以上社長の貧乏話を広げていると、また面倒な話が再開してしまいそうだ。アイはするっと話題を変えることにした。

「そんで社長、仕事って結局なんなの？　ランチ食べて終わりじゃないよね」

「ああ、本番はこれからだ」

社長はそう告げて、雑踏の中を抜けていく。西銀座の巨大デパートの脇を通り、小さめのブティックが並ぶ通りへ。

どこまで行く気なのだろうか。照り返すアスファルトの熱で、少し先には陽炎《かげろう》が揺れている。街路に緑の少ないぶん、都心の夏はやたらと暑いのだ。できることなら、あまり長いこと歩いていたくはない。

アイは手のひらをうちわ代わりにして、パタパタと顔をあおいだ。

「どこまで歩くの？」

「そんなに遠くない。もうちょっと辛抱してくれ」

社長にそう言われ、アイは素直に「はーい」と頷いた。まあ、しばらく面倒を見てもらった恩もある。これが最後の仕事だというなら、多少は我慢しよう。

銀座の大通りを歩いていると、通り過ぎる人たちからちらちらと視線が向けられるのを感じる。「今の子めっちゃ可愛い」とか「芸能人かな」とか、そんな呟きも聞こえてくる。

社長は歩きながら、ふと漏《も》らした。

「もったいない話だよなあ」

「え？　なにが」

「いや、お前の話。フツーに道を歩いただけで、こんだけ通行人の注目集められるんだ。アイドルやめさせるにゃ惜しいってな」

「そりゃ可愛いからね」

アイがさらりと告げると、社長が「ちっ」と舌打ちをする。

「まったくだよ。可愛いからこそムカつくんだ」

「でも今の人たち、B小町のことなんて全然知らなかったっぽいし。私なんて、結局その程度の存在なのかもよ？」

一流の芸能人は、ちょっと外出するにも変装が必須だという。インターネットが身近なものになってからは、特にそうだ。携帯のカメラを向けられれば瞬《また》く間に芸能人の私生活は切り取られ、ネットの海に広がることになる。

しかし、B小町程度の地下アイドルにそういう心配はない。そもそも「メンバー誰それの私生活が知りたい」という世の中の需要は、かなり低いのだ。需要が低ければ、ネットに情報を供給しようとする者も現れない。メジャーな芸能界に比べればだいぶ牧歌的な世界だ。

なのでアイは、特に事務所から変装を命じられることもなく、素顔を晒して街を歩くことができている。変装の手間がかからないのは、楽でいいけれど。

社長は「いやいや」と鼻を鳴らした。

「そりゃまあ、今は活動範囲がまだ地下だけだからな。認知度も低いのはしょうがない。でも、お前を応援してくれてる人は多いんだぜ」

「たしかに、ネットを見ると、そこそこ反応はある気がするけど」

アイだって、自分の評判をネットで検索したりはする。ファンの評価はアイドルとしての自分の価値だ。それを把握《はあく》しておくことも、一応仕事のひとつではある。

「まあ、結局は『そこそこ』って程度だしね。別に私やB小町の名前が、検索ワードのHOTランキングに入ってたこともないし」

「そりゃ、ファンの絶対数じゃまだまだ一流アイドルには及ばないけどな。それでも、お前を心の底から好きって連中は間違いなくいる」

「心の底から？　どういうこと？」

「ほら、ファンレター。ライブのたびに結構届いてるだろうが」

どういう意味だろうか。アイがあまりピンと来ていないのを悟ったのか、社長はそのまま説明を続けた。

「ネットで簡単に言える『好き』とは違って、ファンレターってのは手間暇かけて書くもんだ。そんなもん送るやつは、相当のファンだってことだよ」

「なるほど、たしかにそれはそうかもね」

「お前宛てのファンレター、毎度かなり多いだろ。同じ差出人の名前も結構見かける。固定ファンがついてるってことだ」

「へー、そうなんだ」

「そうなんだ……って、なんでそんな他人事《ひとごと》なんだよ。その都度お前にちゃんと渡してるだろ」

「あー。うん。そうだっけ」

社長に今言われるまで、アイはファンレターというものの存在をすっかり忘れていた。もらったファンレターは他の雑多な書類と一緒に、事務所のロッカーに突っこんだままにしていたからだ。

社長の呆れたような視線が、アイに向けられる。

「読んでねえのかよ。ほんとお前、そういうの無頓着《むとんちゃく》だよな」

「だって私、あんまり手紙読むのって好きじゃないんだもん」

「なんで？」

「さあ。なんでだろ」

アイは誤魔化すように、小さく肩を竦めた。

手紙を読むのが苦手になったのは、それなりの理由がある。あれはずっと小さな頃——

母親と引き離され、施設に入れられたばかりの話だ。

当時のアイは、母親からの連絡をいつも心待ちにしていた。しょっちゅう暴力を振るわれていたとはいえ、血の繋《つな》がった実の母親である。たとえ事情があって迎えには来れなくとも、なにかしらの便りはきっとくれるはず。そう考えてアイは、施設の郵便受けと日がな一日にらめっこをしていたのである。

しかし結局、母親からの手紙は一通も来なかった。来たのは、母親の代理人を名乗る弁護士からの手紙だけ。施設に入れられてから、最初の冬のことだ。弁護士からの手紙によれば、アイの母親は警察から釈放された後に失踪《しっそう》し、行方知れずになってしまったという。

お母さんは、私を捨てた――。手紙が教えてくれたのは、そんな無情な事実だった。

きっと最初からあの母親は、アイのことが疎《うと》ましかったのだろう。「普通」ではなく、空気も読めない娘なんて、自分の人生には不必要。そう思われたのだ。

とにかくそれ以降、アイは郵便受けとのにらめっこをやめた。そもそも、手紙というものを見ること自体が嫌になったのだと思う。手紙を開くと、どうしても良くないことが書いてあるような気になってしまうから。

「まあ、別にいいけど」

社長も、アイの顔色からなにかを察したのだろうか。ファンレターの話は特にそれ以上続けるつもりはないようだった。額の汗を手の甲で拭《ぬぐ》い、周囲をきょろきょろと見回している。

「喉渇《のど》いたな。自販機でなんか買ってやるよ。ウーロン茶でいいか？」

「あ、うん。ありがと」

アイはにこりと微笑み返した。

社長ってこういう空気の読み方は、わりと上手いんだよな。アイは素直に感心する。自分とは大違いだ。

※

「着いたぞ」

銀座六丁目あたりをしばらく歩いた後、社長はとある建物の前で足を止めた。全面ガラス張り、七階建ての巨大ビルである。見たところどうやら、全フロアがファッション関係のショップで占められているらしい。

入り口脇のフロアガイドに記載されているのは、ヴィトンにグッチ、プラダ等、様々なファッション・ハイブランドの名称。大規模複合セレクトショップのようだ。

「ここが仕事場？」

アイが尋《たず》ねると、社長は「まあ、そんな感じだ」と頷いた。

困惑するアイをよそに、社長はビル入り口のガラス戸を平然と引き開けていた。そのまま勝手知ったる様子で、どんどんと店の奥に進んでいく。

アイも続いて建物の中へ入る。ひんやりと冷房の効いた店内は、まるで砂漠のオアシスだ。生き返ったような気分になり、ほっと一息つく。

店内の壁や床はモノトーンで統一されており、なんともセンスに溢《あふ》れたものを感じる。装飾も凝《こ》っており、アパレルショップというよりはどこかアート系のラウンジのようだ。

波打つアーチ型のラックにかけられていたのは、「これぞ流行の最先端」と自己主張するような洋服の数々。奇抜とお洒落《しゃれ》が絶妙なバランスを保っていた。

アイにとって服を買うお店といえば、大抵は安さが売りの量販店だ。それに比べれば、ここはもうまったくの異空間である。

自分はこのお店で、いったいなにをさせられるのだろう。よくわからないが、今は社長の背中についていくしかない。

社長と共にエスカレーターを上がり、上階へ。

アイが連れてこられたのは、ティーンの女子向けファッションを扱う売り場だった。この服も、ぱっと見で平凡とは大違い。デザインも値段も、ビックリするような服ばかりが並んでいる。

アイは「えーと」と首を傾げた。

「もしかして、モデルのお仕事とか?」

「いや、違う。ってか、そもそもB小町レベルの地下アイドルには、こんなブランドのモデルの仕事なんて回ってこねえよ」

社長の言葉に、アイは「それもそっか」と頷いた。

そもそもファッションモデルとは、服を買う人たちの憧《あこが》れとなる存在でなければならない。「あの子が着てるから、私も着たい」という購入意欲を掻き立てる必要があるわけだ。

そういう観点からすれば、たかだか結成数カ月の地下アイドルに、ファッションモデルは荷が重い。せめてテレビ番組のレギュラー枠を二、三本持つくらいの知名度がなければ――というのは、以前事務所で聞いたことがある。

社長は「とはいえ」と続けた。

「このまま売れてけば、ゆくゆくはモデル売りもできるだろうけどな。特にアイ、お前のルックスなら――」

「あー、そういう話はいいよ別に。もうアイドルはやめるし」

「ったく、とりつく島もねえってか」

社長は残念そうに口をへの字に曲げた。そんな顔をされても、とアイは思う。いまさら心変わりをする気なんて、さらさらないのに。

「それより社長、私、なんのためにこんな店に連れてこられたの？」

「そりゃお前、買い物のために決まってるだろ」

「買い物？　社長がなんか買うの？」

アイが尋ねると、社長は「そうだ」と頷いた。いったいどういうことなのか。

「でもここ、女の子向けのお店だよ？　社長みたいな、中年に片足突っこんだオッサン向けの服は売ってないと思うけど」

「失礼な。俺はまだ『オッサン』っていうより『お兄さん』な年齢だ」

自分でそれを言うあたり、完全にオッサンなんだけどなあ——。そうは思っても、アイはあえてツッコまないことにした。

「あ、でもアレか。彼女さんにあげたりするのか。社長、若い子大好きだからなー」

年下の彼女へのプレゼントを見繕《みつくろ》うために、若い女の子の視点が必要だった——。なるほど、そういうことなら、アイがここに連れてこられた理由もわかる。

「まあ、外野がとやかく言うことじゃないのかもだけどさ。社長、未成年に手を出すときには気をつけてね？　このご時世、ガチで捕まるから」

「何言ってんだお前。買うのはお前の服だぞ」

社長の言葉に、アイは「え？」と耳を疑った。

「私の服？　どういうこと？」

首を傾げるアイをよそに、社長は店員を呼びつけていた。

「この子に合いそうな服を、一揃《ひとそろ》い見繕ってくれ」

近くにいた女性店員が、快《こころよ》く「はーい」と応じた。インナーカラーの入ったメッシュ髪に、ビビットなピンクのニットワンピ。店員さんのお洒落度もかなり高い。

店員はアイの顔を見て、「うわあ」と目を丸くしていた。

「可愛らしいお嬢さんですね。パパとお買い物？」

「えっと、パパっていうか」

　社長に目配せをすると、彼はしれっとした表情で「父です」と頷いた。お店の店員さん相手に余計な説明をするのは面倒だと考えたのだろう。仕方ないので、アイも「まあそんな感じです」と適当に合わせることにした。

　アイは社長の袖を引っ張り、小声で尋ねる。

「……っていうか、なんで私の服買う話になってるの？　これが仕事？」

「ああ、そうだ。前から気になってたんだよ」

「気になってたって？」

「お前、私服のときはいつも田舎娘丸出しって感じだろ。街を出歩くときくらい、もうちょいマシなもん着てほしいって思ってな」

「マシなもんって」

　アイは反論しかけたのだが、視界の端に映ったものを見て黙りこんだ。試着室の扉に設置された鏡には、なんとも地味な自分の姿が映っている。

　無地のTシャツの上に羽織っているのは、近所のファッションセンターで買ったサマーパーカー。一九八〇円のワゴンセール品。ジーンズもだいぶはき古しており、膝《ひざ》に空いた穴はダメージデザインではなく、ただの天然物の穴だった。

　たしかにまあ、自分の格好はお世辞にもお洒落とは言い難い。田舎娘と言われても仕方ないところではある。アイ自身は今まで特に気にしていなかったが、こんな格好で東京の繁華街を出歩いている女の子はそういないかもしれない。

社長は「な」とアイに笑みを向けた。

「アイドル以前に、お前は年頃の女の子なんだからな。もう少しお洒落しても、罰《ばち》は当たんねぇだろ」

社長はそれだけ言って、「あとはゆっくり選んでくれ」と、売り場を離れてしまった。煙草でも吸いに行ったのかもしれない。

取り残されたアイに、店員が微笑みかける。

「優しそうなパパさんですね」

アイは「はあ」としか答えられなかった。優しいのだろうか。あれは。もしかしたらあの社長は、アイをモノで釣ろうとしているのかもしれない。高い買い物で恩を売ることで、事務所を辞めにくくしているとか。

そんなことされたって無駄なんだけどな——とアイは思う。今のところ、アイドルをやめる気持ちに変わりはない。

そんなアイの内心などつゆ知らず、店員は明るく営業トークを続けていた。

「そうですねぇ。お客様みたいに小柄で細い女の子だと、もうちょっとガーリーなテイストの方が似合うかも。フリルつきのブラウスとか着てみましょうか？　ああでも、いっそ真逆なB系スタイルもカッコイイですね。華奢《きやしや》さとのギャップが出ますし」

正直、「どっちも別に興味ありません」と断りたいところだったが、これが仕事だというのなら仕方ない。付き合うだけ付き合って、さっさと家に帰ることにしよう。

「とりあえずお姉さんのオススメで、よろしくお願いしまーす」

アイは笑顔を浮かべ、店員の勧めに素直に応じることにした。作り笑いは、得意中の得意なのだ。

※

それから小一時間、アイは試着室に拘束されることになった。とっかえひっかえ、色々な服を着させられてしまったのである。ブラウスにサロペット、キャミソールにフレアスカート。清楚《せいそ》系もフェミニン系も、コンサバもアメカジも、全部手当たり次第だ。もはやこのフロアの服はすべて袖を通した気がする。それどころか、他のフロアの服まで試着させられているのではないか。そんなことすら思うほどだった。

店員いわく「お客様とっても可愛いから、つい色々着せてみたくなって」ということらしい。楽しそうなのはなによりだが、アイとしてはたまったものではない。きっと着せ替え人形というのは、こういう気分なのだろう。

「色々試したけど、やっぱりこのワンピースが一番ですね」

結局、白地にドット柄の入った可愛い系のワンピースに落ち着いた。開いた背中を大きなリボンで留めた、どこかファンシーなデザイン。B小町のイベントなんかでもそのまま使えそうな印象だ。そういえば、私服でこんな可愛い系を着たことはなかったな、とアイは思う。

店員はよほど自分の見立てに自信があるのか、何度も「うんうん」と頷いていた。

「すっごくお似合いですよぉ。まるでアイドルみたい」

「はあ、アイドル」

そう言われると、なんだか複雑なものがある。アイはとりあえず店員に「どうもありがとうございます」と適当な愛想笑いを返し、試着室を離れることにした。

そういえば、社長はまだ戻ってこないのだろうか。この服の支払いとか、どうすればいいのだろう。

アイがきょろきょろと周囲を見回していると、ふと、見知った顔と目が合った。

「あ、アイだ」

「珍しいねー。こんなとこで会うなんて」

アイと同年代のふたりの女の子が、エスカレーターを下ってきた。どちらもB小町のメンバーである。吊り目に茶髪ロングの子と、丸顔にボブカットの子。名前は……なんだったかよく覚えていない。

彼女たちは、ふたりでショッピングにでも来ているのだろうか。すごい偶然。あまり顔を見たくない相手なので、全然嬉しくない偶然だけれど。

どう返事をしていいかわからず、アイが「えーと」と悩んでいると、吊り目の子が先に口を開いていた。

「さっき上の喫煙所で斉藤《さいとう》社長を見かけたけど、なに、あんたたち一緒に来てたの？」

なるほど。彼女たちからほんのり煙草のにおいがするのは、喫煙所帰りのせいなのか。

一応アイドルなのに、大胆《だいたん》なところに出入りをしているものだ。

アイが「うん」と頷くと、今度は丸顔の方が「へー」と目を細めた。

「日曜日に一緒にお出かけなんて、なんか怪しくなーい？」

「もしかしてデート？　なにあんた社長に色目使ってんの？」

吊り目の方が、露骨に顔をしかめた。

また始まった――と、アイは密《ひそ》かにため息をつく。アイがB小町のセンターに抜擢されて以来、こういうのは日常茶飯事だ。この子たちはこうして、事あるごとに突っかかってくるのである。

アイは内心の嫌気を表に出さないようにしつつ、なるべく平静を装って答えた。

「違うって。仕事の一環」

「でも、その服、社長に買ってもらうつもりなんでしょー？」

丸顔は、アイが試着しているワンピースをしげしげと見つめていた。

「いいなー。それお高いやつでしょ？」

「かもね。よく知らないけど」

アイが答えると、丸顔がにやにやと笑った。

「アイちゃんって、オネダリ上手だもんねー。センターの座だけじゃなく、そういうプレゼントまでもらっちゃってるんだ」

「マクラ的なやつ？　マジで悪女だわ。そういうの素で引くんですけど」

吊り目が、くすくすと笑みを漏らした。

彼女たちの言動からは、なんとかしてアイを貶《おとし》めようという気持ちがひしひしと伝わってくる。悪意一〇〇パーセントで放たれる言葉の刃《やいば》。ふたりとも、よほどアイのことが嫌いで仕方ないらしい。

「ぽっと出の新人がセンター取るとかさ、フツーありえねーっていうか。そりゃまあ裏でエゲツないことでもしなきゃ無理だよね」

「きゅんぱんもニノも言ってたよー。『あの子サイテー』って。真面目に努力してる子たちからすれば、アイちゃんみたいのはNGなんだってー」

ありえねー。サイテー。NG。そんな言葉で、アイの心がいまさら大きく傷つくことはない。

自分は「普通」じゃないから。だから誰も愛せないし、誰からも愛されない。

親にも捨てられて、仲間にも嫌われて。

星野アイという人間は、どうしようもなくこの世界の厄介者なのだ。

やっぱりこんな自分は、アイドルになんてなるべきじゃなかった。心底そう思う。

吊り目の方が、「てかあんたさぁ」とアイを強く睨《にら》みつけた。

「自分がみんなに迷惑かけてるのわかってる？　あんたひとりのせいで、Ｂ小町の雰囲気が最悪になってんだよ？」

「そーそー」丸顔が続いた。「うちらのこと、自分の添え物くらいにしか思ってないんでしょ？　ほんとアイちゃんって性格悪いよねー」

「別に……添え物なんて思ったことないけど」

アイが答える。これは紛れもない本心だった。Ｂ小町はアイドルユニットである。歌もダンスも、七人全員がいないと成立しないものなのだから。

しかし彼女たちは、アイの言葉を素直に受け取るつもりはない様子だった。

「ははっ、あたしらのことなんか、そもそも眼中にないってことね」

「ほんとサイアクー。こんなんもう、ただ謝ってもらったところで納得できないよねー」

「あ、そんじゃさあ。今度のライブで謝罪してもらおうよ。あたしらとファンに向けて『調子乗っててすみませんでした』って土下座すんの」

「キャハハハ！　それウケる！　もういっそさあ、そのままアイちゃんの卒業ライブにしちゃおうよ。私ら笑顔で送り出してあげるからさあ」

ふたりとも、キャッキャキャウフフと盛り上がっている。

なんともいい笑顔だ。きっとこれが、彼女たちの素なのだろう。こうして罵詈雑言《ばりぞうごん》を言っているときの方が、ステージ上より上手く笑えている気さえする。

一方アイはそんな歪《いびつ》な笑顔を見つめているうちに、自分の心がだんだんと冷たくなってくるのを感じていた。この子たちがアイドルとして幸せになるためには、どうしたってアイの存在が邪魔ということである。

できることなら、彼女たちとも上手くやっていきたかったけれど。ひとりのアイドルとして、仲間と一緒にファンに向かって「愛してる」なんて叫んでみたかったけれど——それは無理なのだろう。

自分がアイドルをやめてしまえば、すべてが丸く収まる。それは揺るぎない真実だ。

いや、仕事の話だけではないのかもしれない。いっそのこと自分がこの世界からいなくなってしまった方が、誰にとっても嬉しいことなのかもしれない。

どうせどこに行ったって、自分は要らない人間なんだから。

そんなことを考えていると、

「あれ……？」

不意に、アイの目の端から大粒の雫《しずく》が零れ落ちた。

熱い雫が一滴だけぽろりと、頰《ほお》を伝って足元へと落ちる。

涙——なのだろうか。あの子たちの言葉に傷ついたつもりなんてまるでなかったのに、涙はどういうわけか、さらにぽろぽろと零れ落ちていく。

人に嫌われて辛いとか、悲しいとか、そういうのはもう慣れっこだったはずなのに。どうして涙が零れるのだろう。自分の気持ちが、よくわからない。

吊り目の方が、「おいおい」と鼻を鳴らした。

「なにこいつ、泣いてんじゃん」

「泣けば許されるとでも思ってんの？　そんなにうちらを悪者にしたい？　そういうのマジでムカックんですけどー」

「どうせ、そうやって泣けば誰かに助けてもらえると思ってるんでしょ。あたしらはね、あんたのそういう人を舐《な》めたところが――」

吊り目がアイに詰め寄ろうとした矢先、

「おいコラ、お前ら！」

エスカレーターの方から、厳しい声が響いた。

「同じグループのメンバーに、そんな言い方はねえだろうが！」

響いた怒声に、吊り目と丸顔が、びくっと身を強張《こわば》らせた。

やってきたのは社長だ。肩を怒らせ、大股《また》でこちらに歩いてくる。彼女らの暴言を聞いていたのだろう。珍しく、眉を吊り上げていた。

「お前ら仮にもアイドルなんだ！　わかってんのか⁉　そういうイザコザを表に出したら、ファンが悲しむだろうが！」

社長に怒鳴りつけられ、ふたりは一瞬「う」と怯《ひる》んだ様子を見せた。アイもまた、目を見開いてしまう。社長がこんなに大声を出すところなんて、これまで見たことがなかったからだ。

しかしふたりとも、頭ごなしに説教されるのは気に入らなかったようだ。吊り目の方など、どこか好戦的にきっと社長を見返している。

「……別にさあ、そもそもファンになんてバレなくない？　あたしら別に、年がら年中マスコミに追っかけられるようなアイドルでもないし」

「そーそー」丸顔が続いた。「ていうかー、アイちゃんがズルっこなのは事実だしー。社長に媚《こ》びてセンター獲《と》った卑怯《ひきょう》者だしー」

社長は「馬鹿言ってんじゃねえ」と語気を強めた。

「アイにセンターを任せたのは、こいつに一番アイドルとしての実力があるからだ。ネット掲示板なんかでも、ライブ後に一番名前が挙がってるのはアイだからな」

社長の率直な言葉に、吊り目と丸顔は眉をひそめた。

「実力ってそれさあ、単にこの子、顔がいいってだけの話じゃん。どーせ社長も、アイの見た目で贔屓《ひいき》してるだけでしょ」

「あーあ、可愛い子は羨ましいなー。なんにもしなくても目立てるんだから」

丸顔が刺々《とげとげ》しい視線でアイを睨みつけた。ジェラシーとコンプレックスが入り混じったような歪んだ表情。完全に「可愛い」からはかけ離れた顔つきだ。

そんな目で見られたって、アイにはどうすることもできない。謝ったところで、この子たちがさらに図に乗るだけだ。

社長は「あのなあ」とため息をついた。

「アイがなんにもしてないって？　お前ら、一緒にステージに立ってるのになにも見てねえんだな」

吊り目と丸顔が揃って「え？」と眉根を寄せた。

社長がアイをちらりと一瞥《いちべつ》して、続ける。

「こいつは毎度イベントのたびに箱《ハコ》の環境をチェックして、色々運営側に口を出してる。カメラの角度とか、照明の強さとか、口うるさいぐらいに文句つけてくんだよ。それから、小道具とか衣装を自分で弄《いじ》ってるなんてことも珍しくねえ。ダンスの振り付けだって、その日の他のメンバーの状態見ながらちょこちょこセルフアレンジしてるんだぜ」

社長はそこで「要するに」と言葉を切った。

「アイは自分たちが可愛く見えるために、最大限にやれることやってんだ」

吊り目と丸顔が、はっとしたような表情を浮かべている。

驚かされたのは彼女たちだけではない、アイもまた同様だった。この社長、意外と現場を見ている。

この人の仕事は、ライブのステージの確保とか対バン相手との交渉とか、そういう事務所の外とのやり取りだけだと思っていた。現場の演出などは、基本的には会場の運営スタッフ任せだったのである。

アイも正直、今の今まで、そういう細かいことにはあまり興味がない人なのだと思っていたくらいだ。

そんな社長が、気づかぬところで自分を見ていた。これには驚きを隠せない。

「ここまで努力してるやつ、B小町じゃ他にいねえだろ。センター預けるには最適な人選だ。このポジションが欲しけりゃ、お前らもそういう『実力』を見せてみろ」

社長にきっぱりと告げられ、ふたりは面白くなさそうだ。

吊り目の方が、「ふん」と鼻を鳴らした。

「で……でも、いくら実力があるからって、露骨に贔屓とかされたらムカつくんですけど。社長直々にプレゼント買ってもらうとかさあ」

丸顔が「そーそー。萎《な》えるよねー」と続く。

社長は、「はあ」と気だるそうにサングラスのフレームを押しあげた。

「別に、こんなのプレゼントでもなんでもねえよ。埋め合わせだ」

アイは「埋め合わせ？」と社長の言葉を繰り返した。なんのことだろう。アイが首を傾げていると、社長が「ほら」と説明する。

「先週、更衣室でアイの普段着がイタズラされてただろ。ズタズタにされてたやつ」

アイはそう言われて「ああ」と思い出した。「そんなこともあったっけ……」

あれはたしか、ダンスレッスンが終わった後のことだった。更衣室に向かったら、アイのお気に入りのサマーパーカーが、無残に切り裂かれていたのである。何度もハサミを入れられたのか、ボロ雑巾《ぞうきん》の方がまだマシ、という状態だった。結局その日は、練習着のまま帰らざるを得なかった。

もっとも、そんなのもよくある嫌がらせの延長だ。私物にイタズラされるのも初めてではない。あのパーカーもどうせ古くなって薄汚れていたし、アイ自身そこまで気にしていなかったところではある。

もっとも、社長的には問題だったようだ。

「そういうのも出るところに出れば、事務所の管理責任が問われちまう問題だ。詫《わ》びのひとつも必要だろ」

「ああ、埋め合わせってそういう」

アイは、今しがた自分が着せられたワンピースに目を落とした。もともとユーズドのパーカーの代わりにしては、だいぶ高価な感はある。エビでタイを釣ってしまった気分。

「別にあんな服、どうでもよかったのに……。社長も律儀だね」

「そういうところはキッチリ筋を通しておかないとな。嘘や欺瞞《ぎまん》だらけのこの業界だが、俺は最低限の誠意ってモンは大事だと思ってる」

社長は「そうだろ」と吊り目と丸顔に視線を向けた。

「お前らも、あんまり姑息《こそく》な手に頼るな。センターの座が欲しけりゃ、アイドルとして真っ向勝負で立ち向かってみろ」

事務所社長としては、ごく当たり前の正論だった。だからこそ、彼女たちにももはや反論する余地はない。どこか気まずそうに視線を交わし合っている。

「わけわかんないし。付き合ってらんない」

「もう行こ」

ふたりはそれだけ言い捨てて、さっさとエレベーターの方へ向かってしまった。つい数分前まであれだけ喧嘩腰《けんかごし》だったのにもかかわらず、もうアイの方を振り返ろうともしない。

なんだかなあ——と、アイは手の甲で目元を拭った。あれじゃ、自分たちがパーカー事件の犯人だと言っているようなものだ。

「憎まれ口叩くのは上手いくせに、嘘はヘタクソってか。あれじゃ、この先アイドルとしてやっていくのは難しいかもしれねえなあ」

社長は去っていくふたりの背を見送りながら「悪かったな」と呟いた。

「あいつらには、後でちゃんとケジメをつけさせておくから」

「ん。まあ、別にそれはどうでもいいんだけど」

アイは社長を見上げた。

社長は「どうした?」と眉をひそめる。

「いや、ちょっとビックリしたかなって」

「ビックリって、なにが?」

「社長って、案外ちゃんと見てるんだなーってさ。所属のアイドル同士のイザコザとか、わりとどうでもいい人なのかなって思ってたんだけど」

「いや、さすがにどうでもよくはねえよ」社長は顔をしかめた。「つーかお前、普段俺のこと、どういう目で見てたんだ」

「胡散《うさん》臭い遊び人」

「即答で本音来たな！　そいつはどうもありがとうよ！」

社長は「ふん」と鼻を鳴らした。

「まあなんだ。俺にとっちゃ、お前もB小町も大切な存在なんだよ」

「お金儲《もう》けの手段だもんね」

少し意地悪かなとは思いつつも、思ったことをそのまま言ってみる。

すると社長は殊勝にも、「まあそうだな」と素直に頷いた。

「お前らがいなきゃ、俺は飯を食いっぱぐれちまう。それを否定する気はねぇよ」

社長は「だけど」と続けた。「それだけじゃない」

「どういうこと？」

「なんつーのかな。言い方が難しいんだが」社長は天井を仰ぎ、ぽりぽりと頬を掻いた。

「最近ほら、ライブに客も入るようになったしさ。曲だって、ちょこっとずつは売れてきてるだろ。俺はお前らのそういう姿に……なんだ、夢をもらってるっつーか」

「夢？」

それは正直、アイにとっては予想外にロマンティックな返答だった。

社長はどちらかといえば現実主義的というか、売れればそれでOKというか、そういうタイプの人だと思っていた。夢とかなんとか、そういうのとは無縁な感じの。

社長はどこか悪戯《いたずら》っぽく、「俺がこんなこと言ったって、他のやつには内緒だぞ」と唇の前に人差し指を立ててみせた。

「歌もダンスも最初は全然へっぽこだったお前らがさ、毎日汗と涙を流しながら、だんだんと本物のアイドルになっていく——そういうのって、無茶苦茶アツいじゃねーか。漫画でも映画でも味わえない、本物の物語《ドラマ》がそこにある。スターダムを駆け上がってくお前らを応援してるとさ、それだけで元気になれるんだよ」

「応援するだけで？　それだけで元気になれるもんなの？」

アイが尋ねると、社長は大きく頷いた。

「ああ、なれる」

有無を言わさぬ断言口調。アイも思わず、ぽかんと口を半開きにしてしまうほどだった。

「だってよ。俺の手助けでB小町の伝説が築き上げられていくんだぜ。こんなに楽しいことはねえよ。まさに『推す喜び』ってやつだな」

「推す喜びか……。そういうのって、私はよくわかんないけど」

アイが首を傾げると、社長は「え？」と意外そうな表情を浮かべた。

「そうなの？　マジで全然わからない？」

「んー。ファンの書きこみとか見てると、『アイちゃん推し』とか言われることはあるけどさ。人を推したくなるっていうのがどういう心境なのか、正直わかんないところがあるんだよね」

アイはこれまで、人に「推される」ことはあっても、「推す」という経験はなかった。

そもそも、そういう気持ちになったこともなかった。

「他人を一生懸命に褒めたり応援したりしたところで、結局自分にはなんの得もないんじゃないかって思うし……なんでそんなことしたくなるのかなって」

社長は腕を組み、「あー」と天井を見上げた。

「なるほど、そこからか」

「それがわかんないのって、私が変だからかもしれないけど」

「ああ、いや。別に変じゃねえよ。お前みたいな考え方のやつだって、世の中には結構多いだろうしな」

社長は「なんて言やぁいいのかなあ」と、顎に手をやり、考えこむような仕草を見せた。

それからしばし押し黙り、たっぷり五秒後に「ええと」と口を開いた。

「推すってのはさ、字面的に〝推薦〟って意味から来てるだろ。つまり、是《ぜ》が非《ひ》でも他人に勧めたくなるようなレベルで、その対象に恋焦《こ》がれるってことだな」

「はあ、恋焦がれる」

いつになく真剣な表情で、社長が「そうだ」と続けた。

「ネット全盛のご時世、物事を他人に勧めるってのは意外と難しいことだからな。相手に『合わない』って切って捨てられるのはザラ。それどころか下手《へた》すりゃ、変人扱いされてブッ叩かれることだってあるんだから」

社長の言っていることは、わからなくもなかった。ネット社会は、常に不特定多数と繋がった世界だ。自分の発言に対し、どこから否定の弾が飛んできてもおかしくない。そんな中で「〇〇が好き」と公言し続けることは、かなり勇気のいることである。

社長は「だけどな」と続けた。

「そういう恐怖を乗り越えてまで、他人に勧められる。そんな絶対的な『好き』も存在する。『他人にどう思われようが、俺はこれが大好きなんだ！』って、声高《こわだか》に言える感情。要するに、それが『推し』ってことだな」

えらく熱がこもったその説明に、アイは「はあ」と頷いた。

「そんな大げさなものなの？『推し』って」

「大げさでもねえよ。好きって気持ちが振り切れると、なにを犠牲にしたって惜しくはなくなる。損得勘定なんてものは、正直どうでもよくなるんだ」

「そうなの？」

「ああ。俺だって、お前らに人生捧げてんだ。それが仕事だからって理由だけじゃない。お前らを見守るのが、俺の生き甲斐《がい》だからだ」

お前らのためなら、いくら借金したって安いもんだ――社長はサングラスの下で、ふっと目を細めた。

「まあ一言で言えば、これも一種の愛なのかね。推す喜びってのはつまり、人を愛する喜びなんだ」

「愛する喜びって」

アイにとっては目から鱗《うろこ》だった。これまで社長がどんな気持ちでB小町に向き合ってくれていたのか。そんなの、これまで考えたこともなかったからだ。

社長は「つまり、なんだ」と、頬を赤らめている。

「俺もどうしようもなくお前らのファンだってことだな。B小町が少しでも売れる方法はないかって、暇さえありゃあついつい考えちまう」

「そうだったの？」

「ああ」社長は、どこか気恥ずかしそうに頷いた。「こないだだって、徹夜してこんなもんまで作っちまった」

社長はスラックスのポケットから、キラリと光るなにかを取り出した。手のひらサイズのアクリル製のプレート。どうやらキーホルダーになっているようだ。

それを見て、アイは思わず「これは」と、目を丸くしてしまった。

プレートに描かれていたのは、笑顔のアイをデフォルメした可愛らしいイラスト。それから、歯の浮くような愛のこもったメッセージだった。

「〝アイ無限恒久永遠推し!!!〟……？」

メッセージを声に出して読むと、思わず「ぶはっ」と噴き出してしまう。

「あはははは！　なにこれ！　ウケるよ社長！」

「おい、馬鹿にすんな。これでも一生懸命考えたんだぞ」

「ううん、馬鹿になんかしてないって。社長の情熱、ちゃんと伝わってるよ」

アイが笑いをかみ殺しつつ答えると、社長は「本当かよ」と顔をしかめた。

改めてアイは、社長の手にしたキーホルダーをじっくりと観察する。描かれたイラストはなんとも可愛らしく、誰が見ても一目でアイだとわかるデザインだ。これをイベント会場で頒布《はんぷ》したりしたら、ファンも喜ぶかもしれない。

「作るの大変だったでしょ、これ」

「まあな。でも、作ってる間は、時間を忘れるくらい楽しかったぜ」

イラストの発注もアクリル加工も、業者への発注段階で社長がかなり口を出したらしい。そもそもこういうグッズを企画すること自体が初めてだったようで、何週間もかけて、四苦八苦しながら作り上げたのだという。

そんなこと、B小町への深い愛情がなければできやしない。アイにとっては、その心遣いが胸に染みた。

「これも俺なりのB小町への愛情表現ってやつだな。……って、こういう言い方するとハズいけど」

社長は照れくさそうに、キーホルダーをポケットに戻した。

推す喜びは、すなわち人を愛する喜び——。今しがた社長に告げられた言葉が、アイには不思議と印象的だった。

周囲に否定されることも恐れず、なにを犠牲にしても惜しくはない。世の中には、そんな究極的な情熱をもって好きなものと向き合っている人たちがいる。誰かを推したくなる気持ちは、それほどまでに強い衝動なのだろう。今のアイには、想像もできない。

「なんか納得……。そりゃ、私にはわかんないわけだ」

アイは人を愛したこともなければ、愛されたこともない。そんな自分に人を愛する喜びなんて、わかるはずもなかったのだ。

「やっぱり私、アイドルは向いてないよ。社長の気持ちも、ファンの気持ちも、全然わかってあげられてなかったし」

「いや、別にそれはいいんじゃねえの」

社長の言葉に、アイは「え？」と首を傾げてしまう。

ふっと小さく笑って、社長は続けた。

「アイドルが、それを最初からわかってる必要なんてねえよ。わからないんなら、ちょっとずつ知ってけばいい」

「ちょっとずつ……知っていく？」

「お前もさ、誰かを愛したくてアイドルになったんだろ。ファンの『推し』の感情っては、まさにひとつの愛情の形だからな。お前にとってはいい勉強になると思うぜ」

ファンから学ぶ。その発想には、意表を突かれた。

ファンはあくまで他人。ただのお客さん。歌って踊るアイドルに、お金を落としていくだけの存在。アイはこれまで、そんな風に思っていたからだ。

もしかしたらそれは、浅はかだったのかもしれない。あの情熱のこもったキーホルダーを見せられた後だと、特にそう思う。人が人を「推す」パワーには、計り知れないものがある気がする。

社長はサングラス越しに、にっと目を細めた。

「どうせやめるなら、最後にファンの生の声に触れておいてもいいんじゃねえか」

「生の声?」

「さっきも話したろ。ほら、ファンレター」

言われてアイは、「あ」と思い出した。ロッカーの中に無造作に突っこんでおいた、大量のファンレターたち。アイに向けられた、数々のファンたちの想い。


あの中に、自分の探しているものの答えがあるのだろうか。

※

『アイちゃんへ。

いつもライブで元気もらってます! 今日のダンス、すっごくかっこよかったね〜!

サビに入るところでこっち見て笑ってくれたの、もうすっごく嬉しかった!

毎日の仕事の疲れが吹っ飛んだよ〜!

また今度会いに行けるの、楽しみにしてるね!』

『アイちゃん。

新曲聴きました。アップテンポで最高！

アイちゃんの声って元気が出るから、毎朝の通学で聴くとテンションあがるんだよね。

もうこれなしじゃ学校に行けないくらい。新曲も期待してるね。
P.S. こないだのラジオで、『きりたんぽ』をずっと『きりぽんた』って言ってたアイちゃん、めっちゃ可愛い(笑)』

『アイちゃん、こんにちは。

いつも配信聞いてます。B小町の楽曲とトークは、ほんと自分の癒《いや》しです。

自分、ブラック企業に安月給でコキ使われてて、毎日「死にたい」って思ってるんだけど、それでも死なずに生きていられるのは、毎週の配信でアイちゃんに会える楽しみがあるからだと思ってる。いやほんとマジで。

アイちゃんは俺の生きる希望！』


アイは事務所のロッカーの前に腰を下ろし、ファンレターに目を通していた。一文一文、しっかりと、心に刻みこむよう真剣に。

気づけばいつの間にか、もうすっかり夕方になってしまっている。窓から入る西日で、ロッカールームの壁や床はオレンジ一色に染まっていた。

アイにとって、人の書いた文章を一度にこんなに読んだ経験はない。だが、不思議と疲れは感じなかった。手紙にこめられたエネルギーが、アイに早く手紙の続きを読むよう促《うなが》してくるからだ。

もう何通目になるかわからない手紙を開封しながら、アイは感嘆のため息をついていた。

「すごいな、ほんとに」

社長の言っていた通りだった。それぞれのファンレターからは、並々ならぬ情熱が伝わってくる。可愛い便箋《びんせん》が使われていたり、小さなぬいぐるみが同封されていたり、それぞれに工夫が凝らされているのも面白い。中には便箋十枚にも及ぶ長文のファンレターもあったりして、驚かされることが何度もあった。

「みんな、私のこと好きすぎだよね」

正直、見るのも苦手だった手紙。それをわざわざ開いて読もうと思ったのは、社長の一言があったからだ。誰かを「推す」ことの背景にどれだけの情熱がこめられているのか、それをこの目で確かめたかった。アイの中では手紙に対する苦手意識より、そちらの好奇心の方が勝ってしまったのである。

そして実際に、アイはその情熱をまざまざと実感していた。ファンたちの手書きの文章は、ネットでのコメント以上にアイの心を揺さぶっていたのである。

驚きと嬉しさで、胸がいっぱいになってしまう感覚。昼間メンバーふたりに言われたもろもろの暴言は、どこかに吹き飛んでしまっていた。

『B小町の曲のおかげで、試験勉強頑張れました！』

『アイちゃんみたいになりたくてダンス始めました！』

そういう文面を読んでいると、すごく楽しそうだなと思う。案外、アイドル当人よりもファンの方がずっと人生をエンジョイしているのかもしれない。

誰かを推す。誰かを愛する。この手紙の主たちは、本当の意味でそれができる人たちだ。そのことが、心底羨ましいと思ってしまった。

この人たちと向き合っていれば、自分もいつかはそういう風になれるのだろうか――。

アイはそんなことを思いながら、手紙を黙々と読み続けていた。

※

それから三日後。アイは再び苺プロの会議室にいた。

「ちょっとこれ、見てくれる？」

アイが社長に示したのは、数枚のレポート用紙だった。先日の銀座での買い物を終えた後、作成したものである。

社長は一通りレポート用紙に目を通した後、「んんん？」と眉をひそめた。

「ダンスの振り付けに、ステージ進行のカット割り……それから衣装案まで。なんだこりゃ？」

「今度、B小町で新曲披露のライブやるでしょ。あれ用に、ライブの演出案を考えてみたんだけど」

B小町の新曲は、いつもライブで最初に発表することになっている。アイが作ったのは、そのアイディアをまとめた資料だった。

社長は困惑気味に、「あー、なんかよくわかんねぇけど」とこめかみを掻いている。

「全部手書きだし、まとまりがなくて読みにくいなコレ……。『思ったこと、とりあえずなんでもかんでも書き出してみましたー』って感じか」

「そうそう。もうね、色んなこと思いついちゃって」

アイは堂々と胸を張った。もともと、こういう風に企画をまとめる作業なんてしたことがないのだ。それが上手くできなかったといっても、なんの問題もない。

社長はレポート用紙の束とアイの顔に交互に視線を送りながら、首を傾げた。

「まあ、資料の内容はともかくだ。ひとつ疑問があるんだが」

「なーに？」

「いやお前、こないだアイドルをやめるって言ってなかったか」

「うん、言ったね」

「それがまたなんで、ライブの企画出しなんて始めたんだよ。これからやめるやつのやることじゃねえだろ。むしろやる気満々じゃねえか」

まったくわけがわかんねえ——社長はまたしても困惑顔だった。

それも無理はないのかもしれない。アイ自身も、つい三日前には、自分がこんなことを始めてしまうとは夢にも思わなかったからだ。

「アイドルやめるっていう話。あれちょっと保留で」

「保留？」

「私ね、もう少しやってみたいことができたんだ」

アイが満面の笑みを向けると、社長は「はあ？」と口を半開きにしてしまっていた。十中八九、そういう反応が返ってくるのは予想通りだった。わかりやすい。

「まあその、ごめんね。心配かけちゃって」

アイは、ぺこりと頭を下げてみせた。この業界は、最低限の誠意が大事。社長もそう言っていた。

「あー……うん。いや、まあ。なんだ。ホッとしていいのか訝《いぶか》しんでいいのか、自分でもよくわからねえんだけど」

社長はそんなややこしそうな感情を、眉間の皺に深く刻んでいる。

「俺としちゃあ別にいいんだよ。お前がB小町に残ってくれるってんなら、それ以上のことはねえ。センターは、お前じゃなきゃ務まらねえだろうし」

アイも「だよね」と頷いた。

「やっぱり、メンバーの中で一番華があるのは私だもんね」

「出たな自信家発言」

「だって事実だし」

社長は「ははっ」と頬を緩めた。

「それでお前、結局心変わりの理由ってのはなんだったんだ。俺の語ったB小町への情熱が、お前を動かしたとか？」

「ううん、そうじゃなくて」

アイが首を横に振ると、社長は「あ、そう」と肩を落とした。なぜか少し残念がっているのが面白い。

「実はさ、私あれから――」

と、アイが口を開こうとした矢先、会議室の外から「失礼しまーす」という声が聞こえてきた。

入ってきたのはふたりのメンバーだ。吊り目と丸顔である。ふたりとも、会議室にアイがいるとは思わなかったのだろう。アイの姿を確認すると、露骨に顔をしかめた。

沈黙が流れて、たっぷり三秒。さすがに気まずくなったのか、吊り目の方が「あのさ」と口を開いた。

「この間のことだけど、あたしらもちょっとやりすぎたっていうか……」

「あー、別にいいよ。そのことは全然」

アイが告げると、吊り目も丸顔も「え？」と狐につままれたような顔をしていた。社長も同じだ。すっかり呆気《あっけ》に取られている。

そういう反応も予想通り。アイはにこりと微笑んだ。

「そんなことよりさ、今度の新曲披露のライブ、ちょっと私に考えがあるんだ」

「ライブ？　いったいなんの話？」

「今、それを社長に説明してるとこ。ふたりの見せ場は今まで以上にマシマシにしてあるからさ。期待していいよ」

丸顔の方が、「どういうこと？」と首を傾げている。

「アイちゃん、私たちのこと嫌いじゃないの？」

「ううん。別に、全然嫌いとかはないよ。だって、同じB小町の仲間だし」

「仲間って……」

「てか、謝らなくちゃならないのは私の方かも。センターだとか調子に乗って、私ばっかり目立っちゃってた感じだったし……こういうの、気分よくないよね」

そう言うと吊り目と丸顔が、不思議そうに顔を見合わせた。「なんだこの女、急に手のひら返しやがって」「ちょっと気持ち悪くない？」――そう思っているのが顔色から伝わってくる。

しかしアイは気にせず、「だからさ」と満面の笑みを返した。

「お互い、これまでのことは水に流していこ」

吊り目は半分困ったような顔で、「あ、うん」と頷いた。

「まあ、アイが、それでいいって言うんなら……」

ふたりとも、アイの魂胆《こんたん》を探るような目を向けてくる。当然本心では、これまでのことを水に流すつもりなどないのだろう。ただ社長の手前、事を荒立てないようにしているだけだ。

もちろんアイだって、彼女たちと心からの親友になりたいというわけではない。どう思われたって関係ないし、陰では今まで通り嫌ってくれて構わないとさえ思っている。最低限、同じB小町のメンバーとして、波風さえ立たなければそれでいい。

そのためにアイは、仮面をかぶる。物わかりのいい、「普通」の子の仮面を。

「よかった。それじゃあ、これ」

アイは、ふたりにもレポート用紙を示した。口頭で簡単に、ライブの内容を説明する。

ふたりともただ黙って相槌《あいづち》を打っているだけだったが、特にアイの提案に異議を唱えることはなかった。さっきの「見せ場マシマシ」が効いたのかもしれない。

ひと通り説明を聞いた後、吊り目と丸顔は「わかったよ」と頷いた。

「それじゃ、詳しい話はレッスンの後で」

「うん。楽しみだね」

アイがにこりと笑うと、ふたりも少しだけ口の端を上げた。なんともぎこちない笑顔。だけどそれは、これまでアイが彼女たちから向けられたどの表情よりも、マシだった気もする。

ふたりは「先に更衣室に行くから」とそのまま背を向け、会議室を出ていった。

社長はその背中を見送った後、静かに口を開いた。

「なあ、アイ。なんだ今のは」

「なんだって……B小町のメンバー同士の交流？　友情の再確認ってやつ？」

アイが笑みで答えると、社長は「はあ？」と納得のいかないような顔をしている。

もちろんアイは、あのふたりに対して友情なんてこれっぽっちも感じてはいない。自分から頭を下げてみせたのだって、本心からのものではなかった。

アイドルが嘘で騙《だま》すのは、なにもお客だけではない。メンバーに対しても同じ。あの子たちの「普通」に合わせるためには、こういうやり方が一番楽だったというだけの話だ。目的を果たすためには、あの子たちを利用するのが一番近道なのだから。

「さっき、ちょっとやってみたいことができたって言ったじゃない？」

「ああ。結局それってなんなんだ？」

首を傾げる社長に、アイは告げた。

「アイドルとして、日本中を『推す』こと」

「日本中？」

サングラスの向こうの社長の目が、ぎょっと見開かれた。地下しか知らないアイドルが、なにを言いだしたんだ――と思ったかもしれない。

「日曜日に社長、ファンレターのこと教えてくれたじゃん」

「言ったたな」

「あれからさ、改めて読んでみたんだよ。ロッカーの中にしこたま溜まってたやつ。……で、ちょっと驚いた。みんなラブ全開でさ。私って、意外と愛されてるんだなーって」

自分は「普通」じゃないから、人に愛されない。ずっとそう思っていたけれど、どうやらそれは間違いだったのかもしれない。こんな自分なんかでも、心から愛してくれる人はいる。あのロッカーのファンレターは、それを教えてくれたのだ。

「それでね。私もそういう風になりたいって思った」

「そういう風って、どういう風だよ？」

「ちゃんと人を愛したい。人を推せるような人間になりたい……的な感じ？　私ってホラ、そういうところがどうしようもなく欠けてるから」

そこまで言って、アイは思わず「あはは」と自分で笑ってしまった。

「こういうのって、改めて言うと結構恥ずかしいね」

隣人への愛。家族への愛。恋人への愛。それから、アイドルへの愛。愛のカタチは様々だし、今の自分はお世辞にもそれら全部を理解できているとは思えない。

だからこそアイは、自分を推してくれる人たちに向き合う必要があると思ったのだ。誰かを推す方法がわかれば、誰かを愛する方法もわかるかもしれない。そうすれば、まっとうな人間として生まれ変わることもできるかもしれない。

「それでね、まずは手始めに『推す』側に回ってみたいと思ったんだ」

「『推す』側？」

「応援されるだけじゃなく、こっちからもファンのみんなを応援してみたいってこと」

ロッカーの中のファンレターには、その一枚一枚にそれぞれの人生がこめられていた。勉強を頑張っている人もいれば、仕事を頑張っている人もいる。家族のトラブルや、深刻ないじめに立ち向かっている人もいる。

世の中の人たちは皆、それぞれに辛いものを抱えているのだ。それは、アイがこれまで知りもしないことだった。

誰かを推す方法を探すために、ひとまずファンのみんなを推してみる。そのことで彼らを元気づけることに繋がるなら、一石二鳥というやつだ。

「ああ、なるほど」社長が、アイの持ちこんだレポート用紙に目を向けた。「それで、この企画ってわけか。そういや今度の新曲のイメージは、青春応援歌だったもんな」

「そうそう。『あなたの人生、全力でB小町が推します！』ってね。それがコンセプト」

アイが、にっこりと笑みを浮かべた。

ライブを観てくれたみんなを、どうすれば元気な気持ちにできるか。ここ数日間は、ひたすらそのことばかりを考えていた。それはアイがB小町に入って以来、一番楽しい時間だった気がする。社長が言った通り、「推しの喜び」というものはたしかにあるのかもしれない。

「読んだファンレターの中にも、『B小町の歌で元気出してます』みたいな話が結構あったからさ。今度の新曲でも、少しでも辛い思いをしてる誰かを元気にしてあげたり、悲しんでる誰かの背中を押したりしてあげられたらいいなって」

「ああ。いい考えだな、そりゃ」

社長が小さく笑い、頷いた。煙草を灰皿に置き、気持ち良さそうに煙を吐き出している。

「アイドルって存在は、お前が思ってる以上にパワーがあるもんだ。もしかしたら、お前たちの歌を聴いてまるっきり人生が変わっちまうファンだっているかもしれねえ」

「人生が変わる?」

「そうそう。かくいう俺も同じだよ。学生時代、就活で挫折《ざせつ》しかけてたときに、とあるアイドルソングに心救われてな。そんでこの業界入ったんだ。アイドルには、人の生き方を変えちまう魔力がある。よくよく考えるとそれってすごいことだよな」

歌って踊るだけで、人の生き方を変える。たしかにそれはすごい。ある意味、神の御業《みわざ》といっても過言ではないだろう。

「要するに社長、私は神だってことだね。……いや、女神かな? 美貌《びぼう》と歌唱力、ダンス力を兼ね備えた絶対神的存在」

「いやそこまでは言ってねえけど⁉」

「実際私、ファンからもめちゃくちゃ愛されてるって判明したからなあ。これもう、このままいけば宗教できちゃう勢いだよね。現人神《あらひとがみ》アイ様を崇《あが》め奉《たてまつ》る的なやつ」

社長は呆れた様子で、「ファンレターのこと言わない方がよかったかな」などと、苦笑いを浮かべている。

「まあとりあえず、吹っ切れたのはよかった。メンバーとのゴタゴタも、もう乗り越えたようだしな」

「うん。なんかもう、どうでもよくなった」

自分がB小町に居続ける限り、ああいう嫌がらせはこれからも起こりうるのは間違いない。だが、今のアイは、もうそんなことは関係ないくらいにワクワクしてしまっている。

ファンのみんなに推されるのは嬉しい。そして、そのみんなを推すのもきっと楽しい。いわゆるウィンウィン。これからアイがしようとしていることは、自分も世界も幸せにするための行動なのだ。

「みんなを『推す』って、私はそう決めたんだよ。大人も子どももお年寄りも、幸せな人もそうでもない人も、全部。もちろん、B小町のメンバーのことも含めてね」

彼女たちへの恨みなんか、そもそも最初からないのだ。嫌がらせをしたいのなら、どうぞご自由に。気のすむまでやればいい。

アイはそんな彼女たちのことも「推す」つもりだった。歌割りが欲しければいくらでも譲る。ステージで目立ちたいなら、いくらでもフォローする。あの子たちが幸せになれば、推した自分もきっと楽しくなる。

「いっそ、みんな幸せになっちゃえばいいと思ってるよ。なんせ日本中が私の『推し』なんだから」

「この国中の老若男女《ろうにゃくなんにょ》、苦手な連中まで含めて、全員ひっくるめて『推す』か――ずいぶんスケールがデカい話だよな、それ」

「社長、私の性格知ってるでしょ。星野アイは欲張りなんだって」

社長は「そうだったな」と肩を揺らした。

「やっぱお前は普通じゃねえ。根っからのアイドルだよ」

第二章

【OSHI NO KO】

SPICA THE FIRST STAR

chapter 2

ポーン、と可愛《かわい》らしい音と共に、エレベーターの扉が開いた。がやがや響く人の声に混じって、案内の電子音声が響き渡る。

「――受付番号三十番の方は、お会計までお越しください」

一階はこの病院のエントランスになっている。受付のカウンターの前には備え付けの椅《い》子《す》が並んでおり、患者さんたちが名前を呼ばれるのを待っていた。埋まっている椅子は、だいたい八割くらい。いつもながらの混雑ぶりだ。このあたりで唯一の総合病院だから、それも仕方ないのだろうけれど。

人目が多いのは、ある意味チャンスだ。木を隠すなら森の中。人ごみの中なら、バレる心配もない。

そっと息を吐いて、車椅子のハンドリムを握った。両手を後ろに引き、勢いよく前へと漕《こ》ぎ出す。移動はなるべく速く。周りに不信感を抱かせないように。

そうして何食わぬ顔を装いながら、受付カウンターの前を通り過ぎた。膝《ひざ》の上に抱えたリュックは、なるべく目立たないように気をつけて。

年季の入った車椅子は、ひと漕ぎするたびにカラカラと音を立てている。それがなんだか心臓に悪い。

こっそりと、病院裏口へと続く廊下へ。息をひそめて車椅子を進めていると、前方から大柄な女性が歩いてくるのが見えた。

「あら、どうしたの、さりなちゃん」

ぎくり、と心臓が跳ねた。背筋を冷たい汗が落ちる。

声をかけてきたのは、顔見知りの看護師さんだった。年齢は四十前後。ふくよかなおばちゃんナース。おしゃべり好きで、会うたびにいつも楽しい話題をくれる人だ。「売店の美味《おい》しい新商品」とか、「新人ナースの困った失敗談」とか。

しかし今のさりなは、そんな彼女とのおしゃべりにも緊張を感じてしまう状況にあった。早いところ、この場を離れてしまいたい。

「え、ええっと……ちょっと喉《のど》渇いちゃって。ジュースでも買いに行こうかなあと」

「あら、そうなの？　まあ、この暑さならしょうがないわよねえ」

看護師さんは、さりなの言うことをまるで疑う様子もなかった。手にしたクリップボードに目を通しながら、さりなに手を振る。

「午後一時から点滴だから、それまでには病室に戻っておいてね」

さりなはなるべく明るい声で、「はーい」と返事をした。

午後一時までに病室に戻る。今からさりながしようとしていることを考えると、それはさすがに無理だろう。

優しい看護師さんに嘘《うそ》をつくことになってしまうのは心苦しいが、背に腹は代えられない。自分には今、点滴よりも大事なことがあるのだから。

狭い廊下をこっそりと、裏口を目指して進む。やはり思った通りだ。薬品室や倉庫前の廊下を通るルートなら、人目は少ない。これなら安全に、病院を抜け出すことができるだろう。

「……よーし、着いた」

さりなは裏口のドアノブに手を伸ばし、それをがちゃりと押し開けた。

ドアの隙間《すきま》から眩《まぶ》しい光が差し込み、さりなは目を眇《すが》める。むわっと生温《ぬる》い夏の空気が、さりなの身体《からだ》を包んだ。森の匂いだ。

そういえば、外に出るのは久しぶりだった気がする。一カ月ぶりくらいだろうか。空調の効いていない世界が、なんだか新鮮に感じる。

さりなは「ふう」と安堵《あんど》の息を吐いた。

「危なかったけど、なんとかなったぁ……」

さりなは車椅子のハンドリムに手をかけた。これでようやく、病院という名の牢獄《ろうごく》から脱出できる。

「ここまで来ればあと少し！　待っててね、アイ……！」

さあ、いざ、自由な世界へ。

さりなは意気揚々《ようよう》とハンドリムを回したのだが、

「……あれ」

いくら力をこめても、車輪が前に進まない。ハンドリムが回転しないのだ。いったいどうしたというのだろう。なにか引っかかっているのだろうか。

さりなはふと、背後を振り返ってみる。

するとそこには、見知らぬ男性の姿があった。車椅子のすぐ後ろから、さりなを見下ろしている。

「何してるんだ、君」

「――ふぎゃあああああ！」

思わず、変な悲鳴を上げてしまった。まさかこんな至近距離に、誰かが立っているとは思わなかったからだ。

「でかい声だな。びっくりした」

硬直するさりなを見下ろしていたのは、白衣姿の青年だった。さりなの声によほど驚いたのか、顔をしかめている。

背が高く、スリムな体形。スクエアフレームの眼鏡が端整な顔によく似合っている。派手なタイプではないが、知的で育ちの良さを感じさせる青年だった。まあ、それなりにイケメンの範疇《はんちゅう》には入ると思う。

さりなには見覚えがないが、白衣を着ているあたり、この病院の関係者だろうか。医者にしてはずいぶん若い。まだ二十代の中頃くらいに見える。

胸元の名札を見れば、「研修医　雨宮吾郎《あまみやごろう》」と書かれていた。

「えーと……研修医？」

「医者のタマゴみたいなもんだよ。今年からこの病院で勉強させてもらってる」

青年の返答に、さりなは「へー」と頷《うなず》いた。

どうやらこの青年は大学を出たばかりで、医者としてはまだ修業中の身だということらしい。

「お医者さんになるのも、色々大変なんだね」

さりなは当たり障《さわ》りない返答で会話を打ち切り、「それじゃ」と前に向き直った。今の自分には、お医者さんのタマゴと仲良くおしゃべりしている余裕はないのだ。

しかし、やはり車椅子は前に進もうとはしなかった。

背後ではゴローという研修医が、「おいおい」とため息をついていた。

「車椅子で外に出る気か？　さすがにそれはダメだって」

どうやら彼がさりなの脱出を阻《はば》んでいたらしい。車椅子後部の持ち手が、しっかりと握られてしまっている。

「君、ここの入院患者だろ。脱走は見逃せないな」

「い、いや、脱走だなんてそんな」さりなはとっさに苦笑いを浮かべた。「ほら、ちょっとそこまで飲み物でも買いに行こうと思っただけで」

「病院の中にも自販機はあるだろ。なんで外に出る必要があるんだよ」

「あーっと、その。たまには外の空気を吸いたくなったからさ」

「それなら、屋上の展望スペースにでも行けばいい。あそこなら、主治医の許可もいらないからな」

「えっと、ほら。屋上はちょっと混みあってたんだ。それでしょうがなくここに」

研修医は「ふうん」と訝《いぶか》しむように呟《つぶや》き、その視線をさりなの膝の上のリュックへと向けた。

「そもそも、その大荷物はなんなんだ。ちょっと外の空気吸うのに、そんなものが必要か？」

「これは、その」

「どう客観的に見ても、今の君は外出する気満々に思えるんだがな」

ばっさりと正論で斬られ、さりなは「うっ」と呻《うめ》いた。

さりなが脱走しようとしているのは最初からお見通しだったのだろう。この研修医には、小手先の演技など通用しないようだ。

「てか、あー、ええと、雨宮先生……でいいのかな？　それとも、ゴローせんせ？」

「別になんだっていいよ」

研修医は興味なさげにそう答えた。なんとも素っ気ない態度。SかMかで言えばたぶんS寄りの人なんだろうなあと、さりなは直感する。

「じゃあ『ゴローせんせ』で。そういうせんせは、こんなところでなにをしてたの？」

「俺？　ああ、サボり」

ゴローはまるで悪びれもせず、そう答えた。

予想外の答えに、さりなは思わず「サボり？」と聞き返してしまう。

「ここの院長、俺と顔合わせると、いつもどうでもいい長話を始めるからな。だから研修サボって、見つからなさそうな場所に隠れてた」

「隠れてたって……そんなことしてもいいの？」

「いや、ホントはダメだけど。まあ、たまにはストレス解消も必要だ」

ゴローはふっと頰《ほお》を緩めてみせた。最初はお堅い人なのかと思ったけれど、意外と話せるかもしれない。

「うんうん。ストレス解消って大事。人間誰でもそうだよね」

「まあそうだな」

「それなら、私が外でストレス解消するのも許されるはずだよね」

さりなが告げると、ゴローは「は？」と眉をひそめた。

「いや、ダメに決まってるだろ」

「いいじゃん別にー。せんせは良くて私がダメってのは、なんかズルくない？」

「ズルくない。ここで君を見逃したことがもしバレたら、俺があの院長に説教食らっちまうだろ」

ゴローが心底嫌そうに首を振った。よっぽど院長とは馬が合わないらしい。

「とにかく外に出たいなら、正規の手続きを踏め。主治医の許可を取るか、早く病気を治すか。ふたつにひとつだ」

「もう、それができないから困ってるんじゃん」

「だったら、ずっと困っていればいいだろ。少なくとも、それで俺はまったく困らない」

さりなは「むー」と頬を膨らませた。理屈っぽい人は苦手だ。こうなればあとはもう、ゴリ押しするしかない。

さりなは両手を胸の前で合わせ、頭を下げる。

「ねえせんせ、お願い！　今だけ見逃して！　一生のお願い！　お礼になんでもするから！」

「なんでもって、なにする気だ」

「えーと……ほら、せんせのカノジョになってあげる、とか？」

ゴローは一瞬、唖然《あぜん》としたものの、すぐに「そういうのはいらない」と言い放った。なんの躊躇《ちゅうちょ》もなく、超真顔で。

さりなとしては、いたくプライドが傷つく返答である。

「いやいやいや！　『いらない』って⁉　そこはちょっとぐらい考えて⁉　考える姿勢ぐらい見せて⁉」

「だって君、子どもじゃん。どう見ても」

「こ、子どもじゃないし」

「じゃあいくつ」

「十二歳」

さりなが言うと、ゴローは軽く首を振った。「もはやツッコむ気も起きない」とでも言いたげな表情を浮かべている。

「ていうかそもそも君、こっから出てどこに行くつもりなんだ」

ゴローに問われ、さりなは「あー」と天を仰いだ。さて、なんと答えたものだろう。

「その……ちょっと遠くまで？」

「遠くって、まさか街まで出るつもりだったんじゃないだろうな」

この病院は、人里から離れた小高い丘の上に建てられている。周囲は森と渓谷《けいこく》ばかりで、申し訳程度の狭い県道が街の方に一本続いているのみである。

それもそのはず。この病院のコンセプトは、「高千穂《たかちほ》の静かな自然に囲まれたこの土地で、最高の療養を行います」というものなのだ。前に看護師さんがそう言っているのを聞いたことがある。

実際静かで空気もいいし、療養環境としては素晴らしいものなのだろう。

だが、繁華街へのアクセスという意味では最悪だった。ちょっと買い物に行くにも、車を利用しなければならない。

さりなのような車椅子ユーザーにはなおのこと、不便極まりないのだ。ある意味、天然の牢獄のような環境である。

ゴローは、呆《あき》れた様子で続けた。

「その車椅子で県道を下る気だった……とか言わないよな。それじゃ、高千穂の駅前まで行くにしても何時間かかるか。さすがに無茶だろ」

「あ、いや、別に駅前が目的地ってわけじゃないけどね」

「じゃあ、どこに行くつもりだったんだ」

「その……東京に」

さりなが答えると、ゴローは「はあ？」と目を丸くしていた。

「東京って……いや、どう考えても馬鹿《ばか》だろそれ」

口をあんぐりあけて、唖然としたような表情。このゴローというせんせ、クールそうに見えて、意外と感情豊かなのかもしれない。

さりなは「てへっ」と小首を傾《かし》げた。

※

「――それで、えーと、なんだ」

ゴローが険しい表情を浮かべている。

ここは入院病棟の二〇一号室。さりなの病室である。

結局、さりなの脱走は叶わなかった。ゴローにしっかりと車椅子の持ち手を握られ、この病室に強制送還されてしまったのである。

さりなは今、慣れ親しんだベッドに座らされ、ゴローの詰問を受けていた。

「さりなちゃんはその、アイドルのライブだかのために、東京に行こうとしてたっていうのか？」

さりなは「そうだよ」と胸を張って告げた。

「なんとか高千穂の駅前まで行ければ、バスで空港に行けるし。あとは東京まで、飛行機でピューンって感じで」

「いや、ピューンじゃないだろ」ゴローは呆気《あっけ》に取られた様子だった。「車椅子で東京まで行くなんて、言うほど簡単な話じゃないぞ。しかもひとりでなんて……。無謀にもほどがある」

「そうかなあ、やってみなきゃわかんないと思うけど」

「そもそも、さりなちゃん病人なんだから、命がけレベルで危ないって話。そこまで無茶してまで見たいもんなのか？　そのAコマチとかいうアイドル――」

「違うよー！　Aコマチじゃなくて、B小町《こまち》！　何度もそう言ってるじゃん」

さりなが声を荒らげても、ゴローは「あー、はいはい」と聞き流すだけだった。

さっきからずっとこの調子なのだ。さりながどれだけ「東京に行きたい」と熱意を語っても、ゴローにはまるで伝わらないのである。

さりなは「ぶー」と頰を膨らませた。

「明日、久しぶりに新曲お披露目ライブやるっていうからさ。どうしてもこの目で見たかったの」

「だったら、それこそ主治医に外泊許可取ればよかっただろ。それから親に連絡して、迎えに来てもらうとか……いくらでもやりようがある」

「そんなのもう試したに決まってんじゃん。そもそも素直に外泊許可取れてたら、脱走なんて考えないし」

「安静にしてろ、ってことだろ。そこは素直に医者の言うこと聞きなさい」

「やだー。どうしても行きたかったんだもん。生ライブ」

ゴローは「やれやれ」と肩を竦《すく》めた。半ば呆れたような表情だ。

「俺はよくわかんないけど、アイドルが見たいんならテレビとかで観ればいいんじゃないの。えっと……その、B小町だっけ？　音楽番組とか出てないわけ？」

「出てたら苦労しないって」

さりなはため息をついた。このせんせ、もしかしたらアイドル界隈《かいわい》の事情に疎《うと》いのかもしれない。ここはしっかり教えてあげる必要があるだろう。

「せんせ、B小町は地下アイドルなんだよ」

「地下アイドル？」

「メディアとかにはあんまり出てないけど、ライブ中心に活動してるアイドルのこと」

さりながそう説明すると、ゴローは「ふーん」と気にもとめない様子で頷いた。

「要するにアレか。あんま売れてないアイドル」

「売れてないんじゃなくて、これから売れるアイドル！」

「だから、今は売れてないんだろ」

「もー、そんなこと言ってたら、全世界のB小町ファンに怒られるよ！」

実際B小町は、群雄割拠の地下アイドル業界の中でもだんだんとその頭角を現しつつある。今はまだ主に東京のライブハウスでの活動が中心だが、いずれ全国区のグループになるのは確実だ。さりなの直感がそう告げている。

「B小町のすごさはね、なんといってもあのフレッシュさにあるの！　メンバーが全員中学生で、歌にもダンスにも、とにかく未来を感じさせるんだよ！　なんたって伸びしろがすごいから、曲を出すたびにどんどん上達していく感じ？　リアルタイムでその成長が追えちゃうアイドルって言ってもいいよね！　もうね、新曲が出るたびにボルテージが上がっていくから、ライブ映像観てるだけで毎度『ふおおおおおおっ！』って感動しちゃうの！」

さりなが熱く語ったにもかかわらず、ゴローはいまいちピンと来ていない様子だった。

「へー」と明らかに気のない反応をしている。

B小町を知らずに生きてるのは、人生損している。これは、もう少しじっくりと布教《せつめい》しておかなければ。

「特にね、センターのアイがホントすごいんだよ！　歌もダンスも上手なんだけど、いつも笑顔がキラッキラでさ。あんな可愛い子、今まで見たことないってくらい！　ホント、同い年とは思えないほどに超大人っぽくてさ……もともとモデルやってた他のメンバーたちと比べても全然見劣りしないっていうか、逆にもうダントツのスーパー美少女っていうか！　アイは絶対これから『来る』子だよ！　これはガチ！　断言してもいい！」

さりなはベッド脇のサイドテーブルに手を伸ばし、置かれていたＤＶＤのケースを手に取った。Ｂ小町のデビューライブである。

「ほらせんせ、これ見て！　この真ん中に写ってる子がアイ！　めちゃめちゃ可愛いでしょ⁉」

ＤＶＤのジャケットの中心には、真紅のアイドル衣装に身を包んだ少女の姿があった。流れるような黒髪。宝石みたいに煌《きら》めく瞳。自信に満ちたその笑顔は、太陽よりも輝いている。Ｂ小町の中では、文句なしに圧倒的な可愛さ。

さりながこれまで目にしたあらゆる女の子の中でも、ナンバーワンだと言ってもいい。それがＢ小町のアイなのだ。

「ふーん。『アイ』ね」

しかしゴローの反応は芳《かんば》しいものではなかった。ジャケットを一瞥《いちべつ》しただけで、割とどうでもよさそうな顔をしている。

「まあ、可愛いとは思うけど」

なんだかとってつけたような返事。思わずさりなはむっとしてしまう。

「けど？　けどってなによ？」

「なんかこの子、表情がちょっと硬いっていうか。裏がある感じがする。無理やり『アイドルです』って仮面をかぶって自分を守ってる——みたいな」

ゴローの何気ない指摘に、さりなは少し驚かされた。それは、アイを見るたびにさりなも薄々感じてはいたことだ。

それを一目見て気づくのだから、ゴローの洞察力はなかなか侮《あなど》れないのかもしれない。

「まあ、アイドルって色々大変だと思うし。アイも苦労してるんだと思うよ」

「そういうもんか」

「そうそう。そういうもん。そんな中でも絶対に笑顔を絶やさないからこそ、アイちゃんはすごいんだよ」

さりなはアイの魅力について力説したのだが、どうもゴローには伝わっていないようだった。どれだけ熱く語っても、「ふーん」と流されてしまうのだ。子どもの戯言《たわごと》扱いされているのだろうか。ちょっと気に入らない。

ゴローは「ていうかさ」と続けた。

「そもそもアイドルの顔って、どうせCGとかで加工してるんだろうし。実際可愛いかどうかはわからないんじゃないか?」

これはひどい侮辱《ぶじょく》だ。さりなは「そんなことしてるわけないじゃん!」と声を荒らげていた。

「アイの可愛さは純度一〇〇パーの天然ものだよ⁉　この世に舞い降りた女神なんだから!　加工なんか必要ないんだってば!」

「ずいぶんな自信だな。でもさりなちゃん、実際にこの子見たことあるの？」

そうツッコまれると弱いところである。さりなは声のトーンを落とすしかなかった。

「いや……まあ、ちゃんと見たことはないけど」

なにせ、病気のせいでろくに外出できない身の上なのだ。

実は六月の終わりごろに、一度だけB小町のライブに連れていってもらったことはある。

体調が今よりもまだ良かった頃だ。

しかしそのときも、途中で具合が悪くなってしまった。なんとか会場にはたどり着いたのだが、ライブに参加できるような体調ではなかった。そのまま医者たちの手で、病院へと連れ戻されてしまったのである。

あの日の収穫といえば、物販のガチャを一度回しただけ。結局、生のアイを見ることは叶わなかった。今となっては苦い思い出だ。

「直接見なくても、私にはわかるの。アイちゃんの可愛さは宇宙一。せんせだって、動画を観たら絶対腰抜かすと思うよ」

「どうだかなあ」

ゴローが難しい顔で眼鏡を押しあげた。その視線は、さりなが手にしたＤＶＤケースに向けられている。

「だいたい俺、アイドルの可愛さとかよくわからないしな。正直言うと、歌って踊る女の子たちを見て、なにが楽しいのか理解できない」

「え？　理解できないって、本当に？」

「だってアイドルって基本、キャピキャピした若い女の子たちが、なんかキャピキャピ歌ってるだけだろ。そんな娯楽に時間や金を費やすくらいなら、小説でも読んでた方がマシだと思うけど」

ゴローの語るアイドル観に、さりなは「あちゃー」と頭を抱えた。

「それは酷《ひど》いね、せんせ。酷すぎる」

「酷いって？　なにが？」

「感性が枯れ果ててる」

さりなが告げると、ゴローは「え」と首を傾げた。どうやら本人に自覚はないようだ。ここはきっぱり言ってやらねばならない。

「前にテレビの面白映像特集で見たけど、今は犬だってアイドルソングに合わせて踊る時代だよ？　そんなら、せんせの感性、犬以下ってことじゃん」

さりなのそんな遠慮のない一言が、ゴローの癇《かん》に障《さわ》ったらしい。眼鏡の奥の目が、「なんだと」と細められた。

「誰が犬以下だ。……というか俺から言わせれば、アイドルなんかにハマる輩《やから》の方がおかしいと思ってる」

「おかしいって？」

「アイドルなんてもんは、良くも悪くもビジュアル重視の芸能人だ。歌う曲には芸術性のかけらも無い。近年は特にそうだろう。ファンとの交流会やらなにやら、客に媚《こ》び売って儲《もう》けようってスタイルだ。もはや音楽文化に対する冒瀆《ぼうとく》といってもいい」

「おーおー、エラソーに言うねえ。どうせアイドルソングもろくに知らないくせに」

さりなのあおるような指摘に、ゴローは「む」と口をへの字に曲げた。どうやら図星だったようだ。

「そりゃまあ……ちゃんと聴いたことはないけどな。そもそも、そんなものを聴こうとすら思わなかっただけで」

なるほど、と心に落ちる。ちょっとずつこの「雨宮ゴロー」という研修医のことがわかってきた。

さりなの見る限り、彼は狭い世界しか知らない頭でっかち人間だ。お医者さんみたいなインテリ系には多いタイプ。自分が優秀だと強く信じこんでいるぶん、自分の知らない世界には目も向けなくなる。

こういう人には、実際に体験してもらうのが一番早い。

「よし、じゃあわかった」

さりなは、手にしていたDVDケースをゴローに「はい」と手渡した。

「そのDVD貸すからさ。観てみてよ」

「え？　そう言われてもな。ぶっちゃけ面倒くさ――」

引き気味のゴローに、さりなは「お願い」と詰め寄った。

「もし観てくれるんだったら、院長にはさっきサボってたこと言わないであげるから」

院長、という単語にゴローは「う」と顔を引きつらせた。

「さりなちゃん。君、なかなか策士だな」

「大丈夫大丈夫。絶対いい曲だから。感動するから」

ゴローは「そんなわけないだろ」とDVDケースに目を落としていた。アイの百万ドルの笑顔を、興味なさげな顔で見つめている。これは彼女のすごさをまるでわかっていない顔だ。

こういう頭の固い人が、アイの歌を耳にしてどういう反応をするのか――ちょっと気になる。

「もしほんとにアイちゃんの歌を聴いてもせんせの心が一ミリも動かなかったら、私、土下座してもいいよ」

「だったら、その土下座は確実だな」

ゴローは不承不承《ふしょうぶしょう》、DVDケースを白衣のポケットにしまい入れた。

さりなは心の中で「よーし!」とガッツポーズを取った。とりあえずは布教の第一段階は成功。あとは反応を待つだけだ。

結局、今日の脱走計画は失敗に終わってしまったけれど、また新たな楽しみができた。アイの歌を聴いたゴローが、どんな感想を返してくるだろう。

うまいこと彼がB小町にドはまりしてくれれば、さりなにとっても得なのだ。今後、どうしても病院から脱出したくなったとき、彼が協力してくれれば心強い。

病院内での推し活は、色々と制約があって厳しいものがある。誰かしら協力者が必要だというのは、前々から考えていたことでもあった。

あのせんせを味方に引き入れられれば、私の推し活も捗《はかど》るはず――さりなの胸は、今まで感じたことのないワクワク感で溢《あふ》れていたのだった。

※

そしてさりなが思ったよりも早く、ゴローは再びこの病室を訪れていた。

窓の外には入道雲が天高くそびえたち、セミたちが合唱を続けている。DVDを貸してから、一週間後の夕方だった。

「……歌唱力は稚拙《ちせつ》だし、曲自体にも正直深みがあるとは思えなかった」

ゴローはベッド脇の椅子に偉そうに腰掛けている。そして、偉そうな顔で偉そうな批評をのたまっていた。

「『アナタのアイドル、サインはB』とか、なんだアレ。聴き手になにを伝えたいのかまったく意味不明だ。ああ、結局はアイドルソングってこの程度なんだな、って感じで」

もしもこの彼の発言をそのままネットに書きこんだとしたら、集中砲火を浴びてもおかしくはないだろう。B小町ファンのみならず、アイドル界隈すべてを敵に回しそうなコメントだ。

しかし、さりなにとってこうして彼の感想を聞くことは、それほど嫌なことではなかった。得意げにしゃべり続けるゴローの顔は、言葉とは裏腹に、妙に生き生きしていたからである。

「ただまあ、変な気持ちにはなった」

「変な気持ち?」

さりなが首を傾げると、同じようにゴローも首を傾げた。

「今までこういう気分になったことはないから、表現が難しいんだが……。あー、なんていうのかな。あのメインボーカルの子の笑顔を見てると、こっちの根っこが揺さぶられるような、そういう感覚に陥《おちい》る感じがする」

「あー、うんうん、わかるわかる」さりなは大きく頷いた。「アイの笑顔にはパワーがあるからね。一度見たら忘れられなくなるんだよ」

「パワー?」

「そう。あのキラキラな眼差《まなざ》しには、観る人を虜《とりこ》にする魔法がかかってるんだと思う。せんせもなんだかんだ言って、見事にその魔法にハマっちゃったってことだね」

ゴローは眉間《みけん》に皺《しわ》を寄せ、「むう」と難しそうな顔で腕を組んだ。

「別にハマったわけじゃない……と思う。あの動画に、妙な中毒性を感じたのは認めるが」

「要するに、それがハマったってことでしょ」

「いや待てさりなちゃん。その結論は早すぎる」

ゴローはそう言いつつも、不思議そうな面持《おもも》ちだった。

どうやらB小町に対して興味は持ちつつあるのは間違いないらしい。これはいい傾向だとさりなは思う。

ゴローは取り繕《つくろ》うように「まあなんだ」と眼鏡の位置を直した。

「一曲二曲動画で観た程度じゃ、有意な検証結果とはいえないからな。もっと検証を重ねてみる必要があるのは否《いな》めない」

「えーと……つまり、もっとB小町の曲を聴きたいってこと？」

「簡単に言えばそうなる」

「なんだもう、それならそうと言ってくれればよかったのに」

思わずくすりと笑みを漏《も》らしてしまった。このせんせ、なんか面白い。

さりなはサイドテーブルに手を伸ばして、その引き出しから数枚のＤＶＤケースを取り出した。この四枚のＤＶＤは、すべてB小町のライブ映像。いずれも通販でゲットしたものだ。

「はいせんせ、楽しんでね」

ゴローは「誤解はするなよ」と言いつつ、ＤＶＤを受け取った。

「俺はなにも、楽しむために視聴するわけじゃない。あくまであのアイというアイドルのライブパフォーマンスが、人間の精神にどういう影響を及ぼすか、それを確認するために聴くんだ」

もしかしたら医療行為に応用できるかもしれないし——などとゴローは続ける。なんだか、少し言い訳じみているのがおかしい。

この間アイドルソングを滅茶苦茶に批判した手前、簡単に手のひらを返すわけにはいかないと思っているのかもしれない。なんとも難儀な性格だ。

さりなは「あ、そうだ」と付けくわえた。

「せっかくだから、アイのトーク傑作選も持っていってよ」

「トーク傑作選?」

「公式のネットラジオから、アイちゃんの面白トークシーンを切り抜いて集めたやつ。全部で二時間ぶん、USBにまとめてあるから」

さりなは再びサイドテーブルの引き出しを開け、そこからUSBメモリを取り出した。

時間と手間を注いだ、さりなの渾身《こんしん》のアイテムである。

ゴローに手渡すと、「マジか」と眉をひそめた。

「二時間って、結構な量だな。映画一本分……。これ、さりなちゃんがわざわざ編集したのか」

「そうそう。めっちゃ楽しいから、聴いてるとあっという間に時間が過ぎるよ」

「そうか? ステージならまだしも、アイドルがただしゃべってるのを聴いて面白いと思える気はまったくしないんだが」

思った通り、ゴローは相変わらず批判的である。

さりなは人差し指を立て、「ちっちっち」と横に振った。

「わかってないなあ、せんせ。アイドルにとって、トークは第二のステージだよ。何気ない会話の中にこそ、アイの可愛さが凝縮されてるんだから」

「ふうん……。まあ、時間があったら聴いておくよ」

そう言ってゴローは、USBメモリを白衣のポケットへと滑りこませた。ほんの少しずつではあるが、さりなのオススメに対する抵抗感が下がっているような気がする。

これでよし。ライブ映像だけでもゴローの心はつかめつつあるのだ。ここにアイのトーク傑作選を履修させれば、完全にドハマリさせることも可能かもしれない。

さりなは思わず「ふふふ」と笑みをこぼしてしまった。アイ信者を増やす計画は、思いのほか順調である。

「また来てね。せんせ」

※

「――アイというのは、恐ろしい子だな」

さりなの病室を訪れるなり、ゴローは真面目な表情でそう告げた。

前回彼がこの部屋に来てから、わずか三日後である。ゴローはパンと牛乳の入ったビニール袋を片手に、勝手知ったる様子でベッドサイドの椅子に腰かけた。どうやら、ここで昼食を摂《と》るつもりらしい。

「新作のオレンジスイーツをみんなで食べに行く回には、度肝《どぎも》を抜かれたぞ。大真面目な顔で『あ、これ、みかんの味がする！』とかいう感想を繰り出してしまうんだからな。天然ボケにもほどがある」

「そうそう、周りのみんなも完全にドン引きしてるんだよね。『それ当たり前じゃん！』みたいな感じで」

「温泉紹介企画で旅館の庭の池を温泉だと勘違いしたり、道端で『黒猫がいる！』って駆け寄ったら黒いゴミ袋だったり。しかも二回同じことを繰り返したとか……。どれもヤバすぎるエピソードだらけだ。この子まともに日常生活送れてるのかって、不安になるレベルだな」

どうやらゴローは、DVDだけではなく、USBのトーク傑作選も聴いてくれたようである。こういうところは、意外と律儀なのかもしれない。

コッペパンをかじりながら、ゴローは淡々と続けた。

「そして真に恐ろしいのは、アイ自身が己の天然ボケを自覚しつつ、それを武器に上手《うま》いこと立ち回っているところなんだよな。決して出しゃばったり、他のメンバーの発言を潰したりはしない。周囲の会話の流れに自然に乗る形で、絶妙にズレたことを言う。あえて言うなら、空気読めてない発言を、実に空気を読んだタイミングで繰り出しているイメージだ」

「せんせ、そうそう！　私もそれ思ってた！　前から面白い子だったけど、この夏あたりからかな？　最近、特にそのタイミングが上手くなった感じなんだよね」

さりながコクコクと頷くと、ゴローは「だよな」と得意げに眼鏡の位置を直してみせた。

「アイはおそらく、あれを計算してやってるわけじゃないんだろう。本能的に会話の流れを汲《く》み取って、ごくごく自然な反応として発言している。天性の才能を感じるな」

ゴローがアイを手放しに褒めている。なぜかさりなは、まるで自分が褒められているような気分になってしまう。すごく嬉《うれ》しい。

「俺はアイドル業界には詳しくないからよくわからないけど、あんな真似ができる十二歳は他にいないんじゃないか」

「うんうん。アイは天才なんだよね。せんせにもわかってもらえてよかったよ」

「ファンになるかどうかは別問題だけどな。それでも、あの子が特別なのは確かだ」

ゴローが、アイを特別だと認めてくれている。さりなにとっては、今はもうそれだけで十分なのだ。

「要するにＤＶＤもトーク傑作選も、楽しんでくれたってことだよね」

「まあ……悪くはないな。いい暇つぶしになった」

ゴローはどこか、ばつが悪そうに視線を逸《そ》らした。偉そうな物言いだったけれど、想像以上に満足したのだろうということは雰囲気から伝わってくる。

さりなは、顔がにやけてしまうのをこらえることができなかった。

「面白いな、せんせは」

「は？　なにが」

「ううん。なんでもない」

思えば誰かとこんなに長時間、ひとつの物事について語り合った経験はなかった気がする。そもそもこの病室に見舞いの客は訪れないし、他の先生や看護師さんたちも、さりなをただの患者としてしか見ていない。趣味の話なんかできる環境ではなかったのだ。

でもゴローだけは違う。真剣にこちらの話に付き合ってくれるし、渡したB小町メディアにもきっちり目を通してくれている。

優しいんだな、この人――心底そう思う。

さりながじっとその顔を見上げていると、ゴローが「ん？」と首を傾げた。

「だからなんなの、さりなちゃん。そんなに見つめられたって、俺はそう簡単にB小町信者にはならないぞ」

「さーて、それはどうだろ。いつまでそんなこと言ってられるかな」

さりなは、ゴローに「えへへ」と笑みを向けた。

せんせに推しを布教するのは、なんだかものすごく楽しい。病気のせいで重かった身体が、このところ不思議と軽くなったように感じるくらいだ。

思えばきっと、この頃からだったのだろう。

さりなの中で、ゴローが誰よりも特別な存在になったのは。

※

それからというもの、ゴローは頻繁《ひんぱん》にさりなの病室を訪れるようになった。

さりなの貸したCDについて論評をする日もあれば、DVDでB小町のライブ動画を再生し、アイのダンスについて独自の考察を述べたりする日もあった。

「さりなちゃんの言う通り、めいめいの方が単純にダンスの技術は高い。だけど、アイのダンスには単なる上手い下手《へた》を超えたなにかがある気がする」

「あ、やっぱりせんせもそう思う⁉」

DVDを鑑賞しながら、さりなは隣のゴローに笑みを向けた。

こうして彼と話していて、だんだんとわかってきたことがある。このせんせ、理屈っぽくて少し面倒くさいところはあるが、なかなかどうして物事を見る目はある。さりなの想像以上にアイの良さを見抜いているのだ。

「そうそう、これこれ。このターンだ」

ゴローはリモコンのボタンを押し、DVDの再生を一時停止させた。テレビの画面の中では、両手を大きく広げたアイが、輝くような笑顔を浮かべて静止している。

止まっているアイも絵になるなあ――と、さりなは思う。このまま銅像にしても芸術的かもしれない。タイトル「天使の躍動」みたいな。

ゴローはそんなアイの静止画を、食い入るように見つめている。

「ほらこれ。体幹から指先に至るまで、しっかりと芯が通っているみたいだろ」

「ふむふむ」

「これは自分がなにを表現するべきかを完璧に理解している動きだ。彼女の中では歌もダンスも、ひとつの演技として捉《とら》えているのかもしれないな」

「なるほど、演技かあ」

ゴローの指摘には、ハッとさせられることが多い。目の付け所が違う。

実際アイのダンスを見ていると、さりなもついつい感情移入させられてしまうのだ。初恋の歌のダンスは見ていると自分もドキドキする感じになるし、別れの曲では、ものすごく悲しくなる。これはたしかに、テレビでトレンディドラマを観ているときの気持ちに近いかもしれない。

「そうだな。アイはおそらく、『演じる』ことが天才的に上手い子なんだろう。その場に応じた役割を演じることで、あらゆる場面に即応することができる。ルックス以上に、そっちの才能が恐ろしいよな」

アイを語るゴローの口調は、どこか熱っぽい。そういうのを脇で聞いているだけで、さりなも嬉しくなってしまう。

ゴローは「前も言ったけど」と続けた。

「アイドルとしての仮面？　みたいなやつ。デビューシングルの頃は少し笑顔に硬さもあったけど、時間が経《た》つごとにそれもどんどん違和感なくなってく感じがする。最近だと完全に、その仮面を使いこなしてるようにも思えてくるな」

「うんうん。アイちゃん、色んな表情見せてくれるもんね。ＭＶでも、笑ったり泣いたり怒ったり、自由自在な感じで」

アイは、嘘の達人だ。きっとファンには見えないところでも色々苦労しているのだろうが、カメラの前ではそれをおくびにも出そうとしない。そこがすごいのである。

さりなも密《ひそ》かに、そんな風になりたいと思っていた。

この先どんなに辛いことが待ち受けていようと、いつまでも笑顔でいられるように。大事な人に、悲しい思いをさせないように。アイのような、演技の上手さを身につけたい。

さりなはそんなことを考えているうちに「あ」と気づくことがあった。

「だったらもしかしてさ。アイってアイドルだけじゃなくて、お芝居とかの仕事もイケちゃうのかな？」

「女優業か。うん、たしかにそれもアリだな」ゴローが考えこむように腕組みをした。

「まだ十二歳っていう伸びしろを考えると、アカデミー賞も狙えるかも」

「すごい！　さすがアイ！」

さりなは思わず手を叩いていた。

「あー、でも、デビュー当初からのファンとしては、B小町の方も頑張ってほしい気も……。難しいところだなあ」

「この子ならもしかして、女優業もアイドルも両立しちゃうんじゃないか。そのくらいのポテンシャルはありそうだ」

ゴローは「うむ」と大きく頷いている。アイちゃんの成長を見守りたい。その顔には、はっきりとそう書いてあるように思えた。

自分と同じ気持ちを抱いてくれている。さりなには、それがなにより嬉しかった。

「なんだかんだ言って、せんせもすっかりアイの虜だね」

ゴローは「あ、いや」と、ばつの悪そうな顔で首を振った。

「俺はあくまで中立な立場だぞ。これは客観的な意見を述べてるだけだから。アイドルとかそもそも興味ないし」

「興味ないし……からの?」

「『からの』とかはないから。俺はホントに興味ないの」

「そっかー。じゃあしょうがないね。だったら、来月またB小町の新曲出るらしいけど、これもどうでもいいってことか」

「え、嘘。マジで?」

ゴローは眼鏡の奥で、かっと大きく目を見開いた。

わかりやすいなあ——さりなは思う。絵に描いたようなツンデレムーブだ。このせんせと遊ぶのは、ホントに楽しい。

今のさりなにとっては、ゴローが病室に遊びに来てくれるこの時間が、なによりも大切なものになっていたのだった。

※

「初めて会った日からー♪　キミのことが気になってたー♪」

「照れくさそうにぃー笑ううう姿ぁあっ♪　胸の高鳴りがぁ、止まらなぁぁぁぁい♪」

ゴローが拳《こぶし》を握りしめ、声高らかに熱唱している。歌っているのはB小町のセカンドシングルのカップリング曲、「初恋☆メモリー」。よほど気合いが入っているのか、ゴローの白衣の襟《えり》元は、すっかり汗で滲《にじ》んでしまっている。

この日、さりなの病室は即席のライブハウスになっていた。

BGM用の音源は、枕の脇に置いた携帯。マイクは消毒液のボトル。ベッドライトに貼ったカラーフィルムのおかげで、部屋の雰囲気はサイケデリックだ。

「自分でも、何が起こってるのかー♪　わからないけど、超ドキドキー♪」

「いつもより長ぁぁぁく♪　鏡を見てぇぇっ♪　自分を磨いてぇぇ、会いにゆくぅぅぅっ♪」

ゴローはノリノリで、MVのアイよろしくダンスを踊り始めた。手を振り腰を振り、白衣を翻《ひるがえ》してくるりと回転する。さすが毎日一緒にＤＶＤを観て研究しただけあって、タイミングはバッチリ。そのキレの良さに、さりなは思わず「きゃははは！」と笑ってしまったくらいだ。

「初恋の奇跡ぃぃ♪　止められない気持ちが、いま溢れ――」

ゴローが気持ちよさそうにサビを熱唱し始めたそのときだった。

病室のドアが、勢いよく開かれた。

「――おいコラ、うるさいぞ！」

さりなは慌《あわ》てて「うわっ」と口を閉じる。

ゴローも突然のことにすっかり驚いてしまったのか、右手で天井を指したポーズのまま、石像のように静止していた。

「廊下まで歌がぎゃんぎゃん響いてるんだ！　まったく君たちは、病室とカラオケボックスの違いもわからんのか！」

怒鳴り声を上げて病室に入ってきたのは、さりなの主治医だった。名前は藤堂《とうどう》先生。年齢は五十近く。前髪はすっかり後退しており、その広い額には青筋が浮いてしまっている。見た目通りのカタブツのオジサンという感じの先生だ。生真面目で杓子定規《しゃくしじょうぎ》なところが、さりなには前から少し苦手だったりする。

とはいえ、今回は調子に乗り過ぎたかもしれない。病室ライブごっこは、さすがにマナー違反だっただろうか。

「えっと、その。ごめんなさい」

さりなが素直に頭を下げると、藤堂先生は「気をつけなさい」と、呆れたようにため息をついた。

もっと叱られるのかと思いきや、意外にもお咎《とが》めは控えめ。どうやら今日の彼の怒りは、さりなよりもゴローの方に向いているようだ。

藤堂先生は、ゴローの方にきつい眼差しを向けた。

「まったく雨宮、お前なぁ。最近臨床研修サボりがちだって、院長がボヤいてたぞ。それでなにをしてるのかと思えば、患者さんのところでこんな馬鹿騒ぎをして……なに考えてんだよ。ふざけてんのか」

「ははは、ふざけているなんて滅相もありません。私は大真面目ですよ」

ゴローは悪びれた様子をまるで見せなかった。マイク代わりの消毒液ボトルを片手に握りつつ、藤堂先生に毅然《きぜん》と向かい合っている。

「先生、私は今、さりなちゃんと一緒にある種の臨床試験を行っているのです」

「臨床試験？」

「アイドルソングが及ぼす医学的効能の研究ですよ。美しい音楽には、ストレスを軽減する効果があるのは先生もご存じでしょう。そこで音楽を聴くだけでなく、一緒に歌って踊ることで、さらにその効果を高めることができるのではないか——私はそう仮説を立てたのです」

「馬鹿かお前」

「歌を歌うことでセロトニンが分泌《ぶんぴつ》され、心身ともに健康になる。これはすでに医学的に証明されています。その歌が好きなアイドルのものなら、その効果は何倍にも発揮されるとは思いませんか？　いわば、『推し活健康論』ですよ」

「推し活健康論って……本気で言ってんのか」

「ええ、私は本気ですよ。誰かを推すことは、自分をも幸せにすることである——私にはこの理論が正しいという確信があります。この実験を論文にまとめた暁《あかつき》には、しっかり学会で発表させていただきますよ」

藤堂先生に向けて、ゴローが大真面目に告げる。

その姿に、さりなは内心笑いをこらえるのに必死だった。このせんせ、よくもこんなにペラペラと言い訳を思いつくものだ。以前ゴローがアイについて「演技の天才」と言っていたが、そういう本人も負けてはいない気がする。

ゴローが「なあそうだろ、さりなちゃん」と視線を向けてきた。とりあえず、ここは話を合わせておくべきだろう。

さりなは「そうそう」と頷き返した。

「リンショーシケンだからね。せんせは悪くないよ」

「悪くないって、あのなあ」

藤堂先生はあからさまに顔をしかめた。ゴローを睨《にら》むその顔には、「子どもになにを言わせてるんだ」と書いてある。

ゴローばかりが責められるのも忍びない。さりなはフォローを続けた。

「大丈夫だよ。私もこんなに笑ったの久しぶりだし。実験は大成功だと思うよ」

藤堂先生は「そういうことじゃなくて」と反論しかけたのだが、そこで黙りこんでしまった。さりなとゴローが結託している様子に、すっかり呆れてしまったのかもしれない。

藤堂先生は顔をしかめつつ「まあいい」とため息をついた。

「雨宮の理論が正しいとは言わんが、実際、ここ最近の君の検査結果はそれほど悪いものではないからな。元気なのは、主治医としても望ましいところだ」

「あ、そうだよね。私も調子いいと思ってた」

さりなが大きく頷くと、藤堂先生は「やれやれ」と肩を竦めた。

「せめて、他の患者の迷惑にならないようにな」

さりなとゴローは声を合わせ、「はーい」と返事をしておく。

主治医は再び嘆息すると、くるりと踵《きびす》を返した。そのままなにも言わず、大股《また》でさりなの病室から去っていく。

廊下の足音が小さくなっていくのを確認した後、さりなはゴローに目配せをした。

「あはは、見事に怒られちゃったね」

「だな」

ゴローもふっと頬を緩めた。

こうして笑いあっているのも悪くない。なんだか兄妹《きょうだい》で一緒に悪いことをして、親に怒られたような気分だ。もしも自分にお兄ちゃんがいたら、こんな感じなのかなあ――さりなはゴローを見上げながら、そんな風に思った。

「せんせ、やたら大声で歌うから」

「それを言うならさりなちゃんだって、めちゃめちゃ音程ズレまくってたから。あれが悪目立ちしたんじゃないのか」

「え？　そんなに私、歌下手だった？」

「まあ、上手いか下手かで言えば、間違いなく下手だな。ぶっちゃけ音痴《おんち》だ」

ゴローの歯に衣《きぬ》着せぬ物言いに、さりなは「ひどーい」と頰を膨らませた。

「仮にも推しの子に、その言い方はないよねー」

「推しの子？」

「ほら、せんせ前に言ってくれたじゃん。私がアイドルになったら推してくれるって」

「言ったっけ、そんなこと」

本人は首を傾げているが、さりなは忘れていない。このあいだ病室に遊びに来てくれたときに、ゴローは言ってくれたのだ。

――退院したらアイドルにでもなればいい。そしたら俺が推してやるよ。

何気なく放たれたであろうその言葉は、さりなの心を鷲《わし》づかみにした。

自分がアイドルになるなんて、これまで本気で考えたことはなかった。なにせさりなは物心ついた頃から入退院を繰り返す生活を送ってきたのだ。病院で生きて病院で死ぬ。自分はそういう人生を送るものだと思っていた。退院した後のことなんて、これっぽっちも考えたこともなかったのである。

そんな自分が、アイドルになる——。自分がアイのようにステージに立つ姿を妄想した瞬間、頭の中が虹色《にじ》に輝いたような心地になった。

もちろんそれが叶わない夢だということはわかっている。でも、夢を見ること自体は自由だ。ゴローはそれを気づかせてくれたのである。

さりなにとっては、そのことが純粋に嬉しかった。

それはもう、恋に落ちてしまうほどに。

しかし当人は覚えていないのか、覚えていない振りをしているのか、「ははは」と誤魔化すような笑みを浮かべていた。

「まあどっちにしろ、アイドルデビューするなら歌のレッスンは必須だな」

ゴローは消毒液のボトルをテーブルに置き、ベッドサイドの椅子に腰をかけた。この部屋の椅子は、今や彼専用のものになっている。

「あとはダンスのレッスンもか。最近じゃバラエティに出るアイドルも増えてるし、トーク力なんかも磨かないとな」

「そうだね。あとはサインの練習も必要かも」

「サインはどうでもよくないか」

「ダメだよ。街で急にサイン求められたらどうするの。あー、やることがいっぱいだ！」

さりなは天井を仰いだ。

こうしてゴローと一緒に夢を語るのは、とっても楽しい。いつか本当にそういう日が来るんじゃないかって思わせてくれるから。

「まだ若いんだ。さりなちゃんなら、きっとできるよ」

さりなは「そうだね」と、ゴローに微笑《ほほえ》み返した。

きっと本当はもう、そんな余裕は残されていない。でも、そのことを口に出すのは野暮だろう。だからさりなは、おどけた調子で続けた。

「あ、それから。せんせとの結婚のこともちゃんと考えなくちゃね」

ゴローは「またそれか」と苦笑いを浮かべている。

「十六歳になったら考えるって言っただろ」

「そんなのあっという間だよ。式場とか新婚旅行とか、子どもは何人欲しいかとか、結婚前に色々決めなきゃならないことは多いしね」

「そんなことより、普通は親御さんの許しとかの方が先じゃないのか？」

ゴローの言うことももっともだ。まともな家庭ならきっと、結婚には親の許しが必要だったりするのだろう。

しかし、さりなの家――天童寺《てんどうじ》家の場合はそうでもない。

「うちは別に大丈夫だと思うよ。放任主義だから」

さりなが言うと、ゴローは「そうなの?」と首を傾げた。

「うん」さりなは頷いた。「もともとあんまり、娘のこととか気にしないタイプ」

「そういえば、さりなちゃんちの親御さんって、全然姿見ないよな。見舞いに来てる感じもしないし」

「まあね。そもそも親は東京だし。仕事が忙しくてあまり来られないんだって」

ここ高千穂には、さりなの祖父母がいる。彼らが両親の代わりに面倒を見てくれている形になっているのだ。もっとも歳《とし》のせいもあり、なかなか見舞いに来る機会もないのだが。

ゴローは「ふうん」と眉をひそめた。

「ちょっと寂しいよな。それじゃ」

「別にいいんだよ、うちは昔からそんな感じだから。代わりにお小遣いいっぱいもらってるし。おかげでB小町のグッズもCDも、通販で好きなだけ買えてるし」

さりなは笑みを向けたのだが、ゴローはどこか納得のいっていない様子だった。さりなと家族との距離感に、思うところがあったのかもしれない。

「まあ、どこのうちにも家庭の事情はあるもんな……。変なこと聞いて悪かった」

ゴローが窓の外へと目を向けた。外の世界には、すっかり秋の気配が漂い始めているようだった。

秋の高い空の下を、一羽のカラスが羽ばたいている。カァ、カァと響く、甲高い鳴き声。あのカラスもやはり、童謡よろしく我が子を想って鳴いているのだろうか。

「やっぱせんせって、優しいよね」

さりなは手を伸ばし、そっとゴローの手を握った。

ゴローは一瞬「ん？」と驚いた顔を見せたものの、さりなの手を振りほどこうとはしなかった。そのままぎゅっと優しく手を握り返してくれる。

温かい体温が手のひらから伝わり、自然と頬が緩んでしまう。

さりなは思った。ずっとずうっと、こんな時間が続けばいいのに——と。

※

宮崎の十二月は、平均気温が一〇℃前後といったところだ。天気予報を見る限り、他の地域よりもだいぶ暖かいことになっている。

しかし、さりなにとって今年の冬は、なんだかいつもよりも余計に寒い気がしている。もちろん暖房もついているし、掛け布団もクリーニング済みのフワフワ仕上げである。それでも、気を抜くと手足が震えてしまっているくらいなのだ。

この寒さの原因はなんなのか。テレビのお天気お姉さんが言う「十年ぶりの強烈な寒波」のせいなのか。このところ、また体調が悪くなりつつあるせいなのか。

それとももしかしたら、この部屋にいつもいたはずの相手がいないから——という理由なのかもしれない。

「……せんせ、今日も来なかったなあ」

ベッド脇の椅子には、しばらく誰も座っていない。どういうわけか、このところゴローはぷっつりと姿を見せなくなってしまったのである。

「どうしちゃったんだろ。前は毎日来てくれてたのに」

病室の窓から、ぼんやりと外を見る。最近はもう十七時を過ぎると、すっかり日が沈んでしまう。薄ぼんやりとした茜《あかね》色の空には、すでに星々が瞬《また》き始めていた。

夜空を見つめながら、さりなは「はあ」と、ため息をついた。

なんとなく、夜空に輝く星々を視線で繋《つな》いでみたりする。三角を作ったり、四角を作ったり。星座に詳しかったらもっと面白いのだろうが、よくわからないので適当に図形を作って遊ぶだけ。それでも結構暇つぶしになったりはする。

ふとさりなは、以前、テレビの教育番組で聞いたことを思い出した。

星と星の間の距離は、ベッドの上から見ると数センチくらいの間隔にしか見えなくても、実際には気が遠くなるほど離れているのだそうだ。しかもその距離は、時間と共にだんだん開いているのだという。

離れていくのは、人の気持ちも同じなのかも――。なんとなく、そんなことを思ってしまう。

いくらゴローが優しくても、彼はあくまで研修医なのだ。彼には彼で、学ばなければいけないことがたくさんある。ずっとさりなのことを構っているわけにはいかないのだろう。

病室に遊びに来られない日があっても、それはそれで仕方がない。

つらつらと考えていると、病室のドアにノックの音が響いた。

「お夕飯の時間だよ」

看護師さんだった。いつもの優しいおばちゃんナース。お夕飯の乗ったカートを押して、勝手知ったる様子で病室に入ってくる。

ふわりと、焼き魚の匂いが漂った。どうやら今日は、さわらの焼き物がメインらしい。

「看護師さん、いつもありがとう」

さりなが看護師さんにお礼を告げると、彼女は「あら」と怪訝《けげん》な表情を浮かべた。

「さりなちゃん。お魚は気分じゃなかった？」

「ううん。そんなことないけど」

「でも、元気無さそうね」

気落ちしていたのが顔に出ていたのだろうか。看護師さんは、さりなの顔を心配そうに覗《のぞ》きこんできた。

「そうかな。別になんでもないよ」

さりなが言うと、看護師さんは不思議そうな顔で「それならいいけど」と食事の準備を始めた。ベッド用テーブルを設置し、お夕飯の載ったトレイをその上に置く。

メインの焼き物の脇には、蒸しキャベツのサラダに、里芋の煮物が並んでいた。健康志向のメニューだ。病院食なので、当然といえば当然だけれど。

「ああ、そういえば、雨宮先生だけど」

突然看護師さんの口から出た名前に、さりなは思わず「え」と目を丸くしていた。

「ほら、さりなちゃんのところによく顔を出してたでしょ。研修医の雨宮先生」

「あ、うん。せんせがどうしたの?」

「それがねえ、なんだかこのところ音信不通らしいのよ」

「音信不通?」

不穏な言葉にぎょっとした。いったいゴローになにがあったというのか。さりなは看護師さんに「どういうこと?」と話の先を促《うなが》した。

「ナースステーションのみんなも心配してるんだけど、なんだかねえ。噂《うわさ》じゃどうも、女性トラブルに巻き込まれてるらしくて」

「女性トラブルって」

看護師さんが言うには、二週間前、病院の事務局に電話がかかってきたらしい。若い女からすごい剣幕で、「雨宮吾郎を出してください」と。

ゴローはその電話を受けるなり、とても驚いていたという。通話のあと、すぐ院長に「しばらく休みます」と告げ、そのまま病院を飛び出していったそうなのだ。

「これはきっと、惚《ほ》れた腫《は》れたの修羅場《しゅらば》だと思うのよ。たとえばほら、ストーカー女に狙われてるとか……。雨宮先生、あれで結構モテるからねえ」

「そうなの?」

さりなが問うと、看護師さんは「そうなのよ」となぜか楽しそうに説明してくれた。

「ナースの中にも、何人かアプローチしてた若い子いるんだから。先生の方も、毎度まんざらじゃない感じだったしね」

「え……なにそれ。あのせんせ、そんなことになってたの」

さりなは耳を疑った。あのゴローに、自分の知らない一面があるなんて。

そりゃあ実際彼もいい大人だし、さりなには言えない過去も事情も色々あるのだとは思う。もちろんそれは頭ではわかっている。

でも正直、知りたくはない事実だった。

「大方、色々な子に手を出しちゃった挙句、収拾がつかなくなっちゃったとか……そんなところかもしれないわねえ」

「そんな……」

雨宮ゴロー、プレイボーイ説。

さりなにとっては初耳だが、たしかに言われれば納得できるところもある。なんせあのルックスで、将来有望な医者のタマゴなのである。引く手あまたのハイスペック男子だ。女の子をひっかけて遊ぶのには苦労しなかっただろう。

その結果、責任を取らざるを得ない場面に陥ることも、十分に想像できる。

「じゃあ、せんせはどこかに逃げちゃったってこと？」

さりなが尋《たず》ねると、看護師さんは「そんなところかもねえ」と頷いた。

「だって、相手の女性に職場の連絡先まで知られちゃってるわけでしょう？　それじゃあ呑気《のんき》に研修を続けるわけにもいかないだろうし……。ほとぼりが冷めるまで、海外逃亡でもしてるのかもしれないわねえ」

看護師さんは、まるで芸能ワイドショーのコメンテーターのように淡白な笑みを浮かべている。他人の不幸は蜜《みつ》の味。そりゃあ関係ない人にとっては面白ネタのひとつなのだろうが、さりなにとってはたまったものじゃない。

「海外って……じゃあ、せんせはもう帰ってこないの？」

「まあ、噂だからねえ。なんとも言えないけれど」

看護師さんはそれだけ言って、さりなに背を向けた。再びカートをガラガラと押しながら、「それじゃあ、ちゃんと食べてね」と病室を出ていった。お話好きの彼女は、他の病室でもゴローの噂話で盛り上がるつもりなのだろうか。

ひとり残されたさりなは、「はあ」と嘆息した。

「せんせ、なにやってんのもう……」

テーブルの上の、さわらの焼き物に目を落とす。数分前まではたしかに良い香りを漂わせていたはずなのだが、今ではなんの香りもしなくなっていた。

※

それから一日が過ぎ、二日が過ぎた。

それでも、ゴローは姿を現さなかった。

これだけぷっつりと消息が途絶えてしまうと、さすがに心配になる。あの看護師さんの言っていた「修羅場」とか「ストーカー女」とか「海外逃亡」とかいうワードが、この数日、さりなの頭の中を何度もよぎっていた。気になりすぎて、アイの歌もろくに頭に入ってこない始末である。

さりなは空を見上げ「ふう」と吐息を漏らした。

吐いた白い息が、十二月の空に溶けて消えていく。どうせなら、この心の中のモヤモヤも一緒に消えていけばいいのに――と思わずにはいられない。

ここは病院の屋上。小さな庭園が併設された展望スペースだ。

気分転換がてら、少し外の空気を吸った方がいいかもしれない。さりなはそう考え、ここまで車椅子でやってきたのである。

どんよりした雲の下を、木枯らしが吹きすさんでいた。一応コートは羽織ってきたのだが、それでも寒い。心まで震えてしまうくらいに。

「私のこと推してくれるって言ってくれたのも、嘘だったのかなあ」

あの言葉を聞いたときには、生まれて初めて誰かに認めてもらえたと思った。普通の女の子みたいに、夢を見ることを許されたと思った。

本当に、心が躍《おど》るくらいに嬉しかったのに。

しかし今思えば、あのゴローの言葉も調子のいい一言だったのかもしれない。きっと女の子に対しては、相手が誰でもああいうことを言うのだ。

あれはただ、さりなの心をつかむためのリップサービス。そう考えると、色々と納得できる。ああやって患者さんと仲良くなることで、研修医として評価されようとしていた

――そういう可能性もあるのだ。

「ああ、なんで気づかなかったんだろ」

また、ため息をつく。もう今日だけで何度目になるかわからない。「全日本ため息選手権」なんてものがあれば、金メダルを取れそうなくらいの勢いだ。

「馬鹿。せんせの馬鹿……」

ゴローは今、いったいどこでどうしているのか。もしかしたら逃げた先で、また違う女の子とよろしくやっているのだろうか。

そりゃあまあ、彼だって男なのだ。自分のように重い病気の女の子と一緒にいるよりは、健康で綺麗《きれい》な女性と過ごしたいと思うのは当然である。

だいたいさりなときたら身体が半分動かないし、車椅子無しじゃろくに出歩くことさえできやしないのだ。おまけに、放射線治療のおかげで髪の毛もない。女性としての魅力なんて、これっぽっちもないのだ。

ずきずきと、胸が痛む。

悲しくて悔しくて、どうにかなってしまいそうだった。

気づけば頬が濡れていた。ぽろぽろ、ぽろぽろと、目の奥から暗い気持ちが溢れてくるのを止められない。

「あれ？　もう、なんで……」

情けないなあ、と思う。こんなの、いまさらじゃないか。

さりなは物心ついた頃から闘病生活を送っている。夢も希望も、愛情もない人生だ。両親だってきっと、自分のことを見放している。

自分の人生にはこの先、幸せが訪れることはない――。もうそれはとうにわかっていたはずなのに。

でもゴローに出会って、一緒にアイのことを語っているうちに、心のどこかで期待してしまったのかもしれない。

自分でも誰かに、人並みに愛されるかもしれないなんて。

「ひくっ……馬鹿だよ。いちばん馬鹿なのは、私だよ……」

期待をすることで、知らなくてもいい痛みを知ってしまった。その痛みは病気と同じかそれ以上に、さりなの胸を強く締め付けている。

ただでさえろくなことのない人生なのだ。これから先、ずっとこんなものを抱えて生きていかなきゃいけないなんて、もはや拷問《ごうもん》だとしか思えない。

さりなはふと、屋上の縁へと目を向けた。高さ二・五メートルのフェンスの向こう、冷たい曇り空の下には、高千穂の森が静かに広がっている。

いっそここから飛び降りてしまえば、なにもかも楽になるのだろうか——。そんなことすら思ってしまう。だが、身体が半分動かない自分には、あのフェンスを乗り越えることさえも満足にできないのだ。それがまた、どうしようもなく辛い。

「私、なんのために生きてるの……」

ぐしゃぐしゃになってしまった顔を、冷たい風が撫《な》でた。このままだと、濡れた頬や鼻の下が、凍りついてしまうかもしれない。

さりなは肩から提げたポシェットに手を入れ、中からハンカチを取り出そうとした。しかし、震える手ではどうも上手くいかない。

「あ」

引き抜いたハンカチと一緒に、ポシェットからなにかが転がり落ちてしまった。

カラン、と乾いた音。地面に落ちたのは、アクリル製のキーホルダーだった。

描かれているのはアイのデフォルメイラストと、「アイ無限恒久永遠推し!!!」の文字。以前、B小町のライブに行こうとしたときに、ガチャで当てた記念品だ。

「なにやってんの、もう……」

どうしようもない気持ちを、自分自身にぶつける。大事なアイちゃんのキーホルダーを落としてしまうなんて、今日は本当にどうかしている。

見ればキーホルダーは、車椅子の右側、車輪のすぐ横に落ちていた。

傷なんてついてないといいんだけど——。さりなはキーホルダーを拾うべく、身体を捻《ひね》り、車輪の横に手を伸ばした。

だが、あと少しのところで届かない。アイのイラストは、さりなの指先からほんの数センチのところで笑っている。

立ち上がって取れたら、どんなに楽なのだろうと思う。しかし、そんなのは無理な話。そもそもそれが簡単にできたら、自分はこんな病院《ところ》にいないのだから。

「くうう、もうちょい……！」

さりなは息を止め、思い切り身体を捻った。キーホルダーまであと三センチ。背筋が引きつりそうになるのを感じながら、右手を前に突き出す。

人差し指の先がアクリル板に触れたその瞬間、ぐらりと視界が揺らいだ。無理に右側に重心を傾けたせいで、車椅子の左車輪が浮いてしまったのだ。

あ、ヤバい。

さりながそう感じたときにはすでに遅かった。車椅子がバランスを崩し、身体が右側に大きくぐらついてしまったのだ。

「ひゃあああっ……！」

身体がろくに動かない以上、受け身を取ることもできない。このままでは屋上の床材に頭をぶつけてしまうことになる。

一瞬のちに訪れるだろう痛みを想像し、さりなは固く瞼《まぶた》を閉じた。ぎゅっと身を強張《こわば》らせ、少しでも痛みが和《やわ》らぐように備える。苦肉の策。長い車椅子生活で学んだ知恵だ。

どうか、痛くありませんように——ついさっきまで死にたいと思っていたはずなのに、痛みが怖いというのもなんとも情けないことだけれど。

しかし不思議なことに、激突の衝撃は訪れなかった。車椅子から投げ出されるその直前、誰かの手ががっしりとさりなの身体を支えてくれていたのである。

「……っと、危ない危ない」

聞き慣れた声に、さりなははっと目を見開いた。

「さりなちゃん、大丈夫？」

目の前にいたのは、ずっと会いたかった相手の顔。その相手が、何食わぬ顔でさりなを背後から助けてくれていたのである。

「……せんせ？」

「声かけようとしたらいきなり転ぶんだから。びっくりした」

びっくりしたのはこっちの方だ——。さりながそう告げようとした矢先、ゴローはさらにびっくりするようなことをしでかした。

彼は「よっ」とさりなの足に手をかけ、身体を抱き上げてしまったのである。

お姫様抱っこ。こんな風に男の人に抱き上げられたのは、生まれて初めてのことだ。

「えーと、怪我はないみたいだな。なにしてたの、こんなところで」

そう尋ねられても、さりなには返事をすることができなかった。安堵《あんど》と疑問、それから特大のドキドキが入り混じって、頭の中がすっかり混乱してしまっていたのである。

だから、やっと口に出せた言葉もトンチンカンなものだったのかもしれない。

「せんせ、海外逃亡は？　ストーカー女は大丈夫なの？」

ゴローは不思議そうに、「はあ？」と首を傾げた。

※

ゴローに車椅子を押され、一緒に病室へと戻る。

道すがら、看護師さんに聞いたゴローについての噂話を伝える。すると本人は「なんだそれ」と鼻で笑っていた。

「恋愛絡みの修羅場って……。俺、そんなに遊んでるように見える？」

「うん。わりと。二股三股くらい余裕でかけてそう」

さりなが答えると、ゴローは「参ったな」と後ろ頭を掻《か》いた。完全に否定はしないあたり、本人にも心当たりはあるのかもしれない。

「まあ、心配かけたのは申し訳なかった。正直、自分でもこんなに時間かかるとは思わなかったから」

院長にも散々叱られたよ――ゴローはそうボヤきながら、さりなをベッドの上へと座らせた。そして自分は定位置の椅子へ。

いつもの光景に、さりなはホッとする。

「結局せんせ、なにしてたの？」

「ちょっと東京まで出てた」

「東京まで？　どうして？　お仕事……ってわけじゃないんでしょ？」

ゴローは、「実は」と白衣の胸元に手を差し入れた。

「これをゲットするためにさ」

彼が取り出したのは、手のひらサイズの紙きれが二枚。表面には可愛らしいデザインと、「B小町　ワンマンライブ　ＩＮ宮崎」の文字が見える。

「え⁉　えええええ⁉　せんせ、これって⁉」

「今度、B小町が宮崎に来るって聞いて。それで、チケット押さえに行ってた。さりなちゃんをライブに連れていってあげられればと思って」

さりなは思い切り目を丸くしていた。喉から心臓が飛び出るのをギリギリで抑えたような感覚。自分の十二年の人生で、これだけ驚いた経験は他にない気がする。

ゴローは「あれ？」と首を傾げた。

「その反応、もしかして知らなかった？　B小町が宮崎に来ること」

「いや、知ってた！　めっちゃ知ってたよ！　ネットで見たし！」

B小町の人気は拍車がかかり、全国ツアーが開催されることになった。そしてライブ開催予定の全国十都市の中に、ここ宮崎も含まれている——。その情報を最初にネットで知ったときには、さりなはもちろん喜んだ。だが、悲しみも同時に味わうことになったのである。

　ずっと推してきたＢ小町を、これまで以上に多くの人たちに知ってもらえる。それは素直に嬉しい。しかし結局、さりな自身は病気のせいでそのライブに行くことは許されないのだ。

　アイちゃんたちがすぐ手の届くところに来てくれているにもかかわらず、会いに行けないこのもどかしさ――さりなは、なんとも複雑な気分にさせられていたのだった。

　そんなさりなに、ゴローは平然とライブのチケットを差し出している。予想外過ぎて、頭がなかなか状況に追いつかない。

「これ、私のために……？　どうして？」

「ほら、ぼちぼちクリスマスだろ。だから、プレゼント代わりにと思って」

　ゴローに言われ、さりなは「あ」と、枕元の携帯を開く。

　画面に表示された日付は、十二月二十日。言われてみればそろそろクリスマスだった。入院生活ではあまり意識することがないので、すっかり忘れていた。

「私のための、クリスマスプレゼント……」

　これまでの人生、さりなは他の誰かからクリスマスプレゼントをもらった記憶はない。もちろん、両親も含めてだ。

　だから誰かにプレゼントをもらうというだけでも、十分嬉しいのに――それがＢ小町のライブチケットだというのだから、もはや天にも昇るような思いである。この喜びを、どう言葉にしていいのかもわからなかった。

気づけばさりなの両眼からは、再び大粒の涙が零れ落ちていた。

「う、うううう、うううううう……！」

「え、ちょ、さりなちゃん」ゴローがぎょっとした表情を浮かべている。「大丈夫か？」

「大丈夫……じゃないよ……。ぐすっ、せんせのせいだよう……！」

ゴローにテーブルからティッシュを取ってもらい、鼻をかむ。ずびびび、と恥ずかしい音が鳴ってしまったが、いまさらどうでもいい感はある。そもそも泣き顔を見られている時点で、十分恥ずかしいのだから。

「こんなにすごいプレゼントくれるなんて……！　ううう……すごすぎるよ！　すごすぎて、もう『すごい』以外の言葉が出てこないよう……！」

「いい感じに語彙力《ごいりょく》失ってんなあ」

ゴローはさりなに微笑ましそうな眼差しを向け、ふっと口元を緩めた。

「まあ、そんだけ喜んでくれるんなら、こっちもわざわざ遠出した甲斐《かい》はあったけど」

「そういえばせんせ、東京まで行ってたって……どういうこと？　ネット予約とかできなかったの？」

「普通のチケットならネットでも買えたんだが、せっかくだからと思って」

ゴローは、手の中のチケットに視線を移した。よく見れば券の記載に、「S席・プレミアム／アイ」の表示がある。さりなは再度目を疑った。

「こ、これは⁉」

「最前席の限定チケット。ライブの後は特典会にも参加できるらしいぞ。そこに書かれているメンバーと、個別ブースで会話ができるらしい」

「ホントに⁉　アイとおしゃべりできるの⁉　なにそれすごい！」

さりなが目を輝かせると、ゴローがどこか得意げに続けた。

「この限定チケットは、東京のイベント会場での抽選配布だったんだよ。しかも一日の配布数はたったの十枚。手に入れるの、超苦労したんだぞ」

Ｂ小町の人気は、今や地下アイドルの中でもトップクラスだ。ゴローが言うには、限定チケットを手に入れるために、毎日百人単位のファンが列をなして抽選に参加していたという。ゴローもまたその抽選が当たるまで、毎日その列に並んでいたそうなのだ。

「宮崎会場で、かつアイのプレミアムが当たるまで抽選を回す必要があったからな。金以上に、なにより時間がかかった」

さりなも話を聞いて、ようやく納得する。ゴローが病院から姿を消していたのは、この限定チケットを手に入れるためだったのだ。

「すごい、すごすぎるよ……！　せんせ、よくゲットできたね」

「シークレット色が強い限定チケットだから、あんまりネットに情報も出回ってなかったのが幸いだったかな。俺も東京在住のファンから聞いてなかったら、入手できてなかったと思う」

「東京在住のファンって……それってもしかして、すごい剣幕で病院に電話かけてきたって女の人？」

　ゴローが「それそれ」と頷いた。

「もともとB小町ファンの交流サイトで知り合ったんだけど、親切な子でさ。一刻も早く俺に情報伝えるために、わざわざ職場に連絡してくれたんだよ。ほら、病院ってケータイ自由に使えないから」

　ああ、と、さりなは納得する。修羅場のストーカー女かと思った電話の相手は、親切なB小町ファンだったというわけだ。疑ってごめんなさい、と心の中で謝っておく。

「ともあれ、その人のおかげもあって、なんとか無事にこうしてチケットをゲットできたってわけだな」

　ゴローが手にしたチケットを、ピラピラと振ってみせた。プレミアム付きの最前席券なんて、全B小町ファン垂涎《すいぜん》のレアチケットである。さりなにはもはやその紙片自体が、まばゆい光を放っているように見えてしまっていた。

　B小町のライブに参加できるうえ、アイともお話しできるなんて――まさに夢が現実になったような気分である。

　さりなはごくりと息を呑み、ゴローに尋ねた。

「で、でも、本当にいいのかな？」

「なにが？」

「だって私、今まで外出許可が認められたことほとんどないし。せっかくせんせが頑張ってチケット取ってくれたのに、実際にライブに行けないなんてことになったら――」

さりなの不安の言葉を遮《さえぎ》るように、ゴローは「大丈夫」と告げた。

「そこはもう、主治医にも院長にも許可を取ってある。当日は、外出してもいいってさ」

「え、ええっ⁉　ホントに⁉」

「ホントにホント。外出許可書だってちゃんと準備してある」

ゴローが落ちついた様子で頷いた。嘘や冗談を言っている雰囲気はない。

「私、行けるんだ……！　生のアイに会えるんだ……！」

興奮のあまり、全身にふつふつと鳥肌が立っていた。さっきから悲しかったり嬉しかったり驚いたりで、頭がどうにかなってしまいそうである。

「うわあ――！　もう、すごい――っ！　うわあーっ！　うわあ――っ！」

「ちょっ、さりなちゃんはしゃぎすぎ。また先生に怒られちゃうから」

ゴローに窘《たしな》められても、さりなは我慢する気はまったくなかった。感情のおもむくままに、「わーい！　わーい！」と叫び続けてしまっている。もしもこの足が自由に動かせていたら、今ごろ病院中を走り回っていたことだろう。

「いやー、でも、本当にすごいよ、せんせ。私がこれまで、どんなに外出頼んでも許可下りなかったのに……。いったいどんなあくどい交渉したの？」

「あくどいって、人聞きが悪いな」ゴローが顔をしかめた。「俺は別に普通に頼んだだけだぞ。さりなちゃんをアイドルのライブに連れていきたいって」

「え？　それだけ？　それだけでＯＫだったの？」

「まあ、俺の人徳ってやつかもしれないな」

ゴローがしたり顔で頷くのを見て、さりなは「それはないな」と思う。なにせゴローには「女性トラブルで海外逃亡していた」という噂すら流れていたくらいなのだ。人徳もなにもあったものではない。

ただ、あえてそこにはツッコまないことにした。今はそれより、ゴローと一緒にアイちゃんに会えることの方が、百万倍嬉しかったからだ。

病気が辛いとか、両親が会いに来てくれないとか、そんなことは全部心の中から吹っ飛んでいた。

我ながら現金だとは思うが、前言はサクっと撤回。自分は誰よりも幸せだし、誰よりも愛されている――。さりなはこの瞬間、それを心の底から実感していたのだ。

「ほんと、誕生日が百回来たよりも嬉しいよ。これもぜんぶ、せんせがＢ小町にドハマりしてくれたおかげだね」

「いや、何度も言うけど、俺自身は別にハマってるわけじゃないけどな。あくまでアイドルに対しては、中立の立場」

「まだそれ言う？　わざわざ東京まで行って限定チケットをゲットしてくるなんて、もう完全にＢ小町中毒患者の所業だと思うよ」

「だから違うって。今回は、さりなちゃんのためだし」

ゴローは口をへの字に曲げた。素直じゃないあたりが、なんとも可愛い。

最初こそ、彼を自分の推し活に利用するつもりで布教していたけれど、今のさりなにとってはそんな目的もどうでもよくなっていた。

ただ一緒に、アイちゃんを推すのを楽しみたい。それだけで、さりなの人生は最大級にハッピーになるのだから。

チケットを見れば、その日付は五月二十三日。半年ほど先だが、暖かくて素敵な季節だ。大好きなせんせと一緒に、大好きなアイに会いに行く。それはきっと素晴らしい思い出になるに違いない。

ゴローはふっと頬を緩めた。

「春までまだ時間あるから、体調はしっかり整えておいてくれよ」

「うん。せっかくアイちゃんに会えるんだもんね。私もう、それ考えるだけで健康になっちゃってる気がするよ。案外春までに退院できちゃうかも」

「だといいけどな」

そういうゴローは生のアイちゃんを見て、どんな顔をするんだろう。アイのリアル女神っぷりには、クールな中立のフリも吹き飛んでしまうのではないだろうか。

さりなはこみ上げてくる笑いを押し殺し、「とにかく」とゴローに向き直った。

「ありがとね、せんせ！　チケット、すっごく嬉しい！　人生で最高のクリスマスプレゼントだよ！」
そう。これはさりなにとって、生まれて初めてのクリスマスプレゼント。
そして、最後のクリスマスプレゼントだった。

第三章

【OSHI NO KO】

SPICA THE FIRST STAR

chapter 3

「――容体が急変って、どういうことなんですか⁉」

雨宮《あまみや》ゴローがそう叫ぶと同時に、稲光《いなびかり》が夜空を裂いた。窓の外では、吹き荒れる風が森の木々を揺らしている。

昼過ぎから、ずっと激しい豪雨が降り続いていた。一月にしては珍しい、季節外れの大嵐だ。テレビの天気予報によれば、高千穂《たかちほ》は今夜いっぱい荒れるらしい。大きな雨粒が、ばらばらばらばらと機関銃のように病院の窓に打ちつけている。

嫌だな――とゴローは思う。祖母が亡くなったのも、こんな嵐の夜だった。こういう荒れた天候の日には、決まって良くないことが起こるのだ。

つい先ほど病院から呼び出しの電話を受けたときから、ゴローの内心には暗鬱《あんうつ》な予感がたちこめていた。脳裏をよぎる最悪の想像を、どうしても拭《ぬぐ》い去ることができない。

ゴローはそんな不安を、自分を呼び出した相手にぶつけていた。

「あの子になにが起こったっていうんです⁉　ねえ⁉」

「落ちつけ雨宮。お前が怒鳴ったところで、なにも状況は好転しない」

医局のデスクに座る壮年の医師は、藤堂《とうどう》という。ゴローが研修医として勤める病院の神経外科医だった。年齢は五十近く。天童寺《てんどうじ》さりなの主治医を務めている人物でもある。

すっかり頭髪は後退してしまっているが、院内でもかなりの実績を積んだベテランである。特に脳外科の分野に関しては他の追随《ついずい》を許さず、年間五十件を超えるほどの手術経験がある。ゴローもこの研修期間中、彼の外科的な知見には何度も助けられたものだ。

しかし今の藤堂は、ベテランの余裕も感じられないほどに憔悴《しょうすい》しきっていた。眼鏡の奥で眼窩《がんか》は落ちくぼみ、頬《ほお》はげっそりとこけている。

聞けば藤堂は、今の今まで集中治療室《ICU》に籠《こも》っていたらしい。要するに、それだけ緊急性を要する事態が起こったということだ。

「こんな時間に呼び出してしまって、それはすまなかったと思っている」

頭を下げる藤堂に、ゴローはさらに詰め寄った。

「そんなこと、どうだっていいんですよ！　こっちは、なんで急にこんなことになったのかって、それが知りたいだけなんです！」

「お前の気持ちはよくわかる。私だって知りたいくらいなんだ」

藤堂はコーヒーのカップを手に、深いため息をついた。

この藤堂から「さりなちゃんのことで話がある」と呼び出されたのが、今から三十分ほど前。日付が変わるか変わらないかという頃合いだった。帰宅していたゴローは急いで着替え直し、嵐の中、車を飛ばして病院に取って返したのである。

ゴローとて医者の卵だ。病院から緊急で呼び出されることが、どういう意味を持つのかはよく知っているつもりである。

「さりなちゃんの容体が急変したのは、数時間前のことだ。高熱と痙攣《けいれん》により、意識が混濁《こんだく》し続けている」

非常に危ない状態だ――。藤堂はもう一度、ゴローに諭すようにそう告げた。

「できる限りの処置はしたが、いぜん生死の境を彷徨《さまよ》っている。今夜が峠《とうげ》だ」

ゴローは「冗談じゃない……！」と首を振った。何度聞いても、その衝撃は大きい。まるで自分の心臓が、巨大な手で握りつぶされるような錯覚を覚える。

なにせゴローはつい今日の昼まで、さりなと普通に会話をしていたのだ。話題は先月チケットを入手したばかりの、B小町《こまち》の宮崎ライブについて。当日はどんな服を着て行くのか。アイと会ってどんな話をしたいのか。そんな話で盛り上がっていたところだったというのに。

「いきなり今夜が峠なんて……そんなの、全然納得できないですよ！　ねえ先生、どうにかならなかったんですか⁉」

「残念だがな。医学だって、万能じゃないんだ」

藤堂は、力なく首を振った。まるで医者の無力さを呪うような表情である。

「二年前にも腫瘍《しゅよう》の切除を行ったのだが、その時点ですでに脳の他の箇所に転移が見られていた。どのみち症状の進行は止められないことはわかっていたんだ」

退形成性星細胞腫《たいけいせいせいせいさいぼうしゅ》――それがさりなの病名だ。端的に言えば悪性脳腫瘍《グリオーマ》の一種で、主に大脳半球に腫瘍が発生する。感覚障害、歩行障害や知能障害等、多くの深刻な症状が見られるのが特徴である。発見時点からの五年生存率はわずか二〇パーセントほど。それが簡単に治るような病気でないことは、もちろんゴローもよく知っていた。

「細胞腫が転移してしまえば、放射線治療も焼け石に水だ。いつかこんな日が来るのは明白だった。……雨宮、お前だって覚悟はしていたんだろう?」

「それは……そうですけど」

ゴローは「でも」と食い下がらずにはいられなかった。

「今日の昼間まであんなに元気だったんですよ。普通に会話もできたし、食欲だって十分にあった。ライブに行こうって、あんなに楽しそうに話してたのに……!」

藤堂は「そうか」と肩を落とした。

「だけどな雨宮、病気というのはそういうものなんだ。病気はいつだって、患者さんたちの命の灯《ともしび》を、予期しないタイミングで吹き消そうとする」

「信じられませんよ、そんなこと……!」

「私だって信じたくはないよ。こういうときは、いつもそうだ」

藤堂は、気の毒そうな眼差《まなざ》しをゴローに向けた。

彼だけではない。医局に詰めていた他の医師や看護師たちも、皆同情するような表情でゴローを見ている。彼らは皆、自分がさりなとよく話していたことを知っているのだ。

若い女性の看護師が、「あの」とゴローに声をかけてきた。

「さりなちゃんが元気そうに見えたのは、きっとあの子なりに、気丈に振る舞った結果なんだと思います。他ならぬ、雨宮先生の前だから」

「俺の……私の前だから？」

「本当はこの数週間、さりなちゃんの状態は悪くなる一方だったんです。痙攣発作を何度も起こしていたし、記憶や発言に混乱が見られることもあった」

「そんな、だったらなんで」

教えてくれなかったんだ——と言いかけたところで、ゴローはその言葉を飲みこんだ。自分は所詮《しょせん》ただの研修医に過ぎないし、さりなは受け持ちの患者というわけではない。ただ、個人的に雑談をする相手だったというだけ。あの子の病気に関して、そもそも自分がなにかを口出しする立場にはないのだ。そんなこと、いまさら誰に言われるまでもない。

だが、看護師の返答はゴローの予想とは違ったものだった。

「ごめんなさい。さりなちゃんから口止めされていたんです。『せんせには言わないで』って」

「え……？」

「あの子は、雨宮先生と過ごす時間をなによりも大事にしていました。『最後まで楽しく、せんせとおしゃべりしたい』って。だから、自分の体調が悪化していることを知られたくなかったんだと思います。知られれば、もう普通のおしゃべりができなくなってしまうから……」

看護師に言われ、ゴローはすっかり返す言葉を失っていた。まさか、自分があの子にそんな風に気を遣わせてしまっていただなんて。

「春になったら、アイドルのライブに行くつもりだったんだってな」

重々しい表情で、藤堂が口を開いた。

「私が外出許可を出した時点で、実際に行ける可能性はかなり低いと思っていた。良くて一〇パーセントというところだ」

「ほぼほぼ無理だとわかってるのに許可した、ってことですか」

「どのみちこれが彼女にとって最後の思い出作りになることはわかっていたからだ。行ければ僥倖《ぎょうこう》。たとえ行けなかったとしても、その日までの楽しみにはなる」

「楽しみって……そんなの残酷《ざんこく》ですよ」

「さりなちゃん自身、気づいていたとは思うがな。なにしろ自分の身体《からだ》のことだ」

「気づかなかったのは、俺だけってことですか」

自分はとんだ間抜けだと思う。医者を目指す身でありながら、患者の嘘《うそ》にも気づけなかったのだから。思わず、「くそっ」と歯噛《が》みしてしまう。

もし、自分がその嘘に気づけていたら。もっと早くにさりなの状態に気づけていたら。

それなら、もっと大事な他のことに時間を使ってやることもできたはずだ。

「そうだ、親御さんは？　娘がこんな状態なんだ。早く会わせてやらないと」

看護師は「それが」と首を横に振った。さりなの両親にはどうしても外すことのできない予定があるらしく、すぐには顔を出すことができないというのだ。

ゴローには、さりなの両親の考えがまるで理解できなかった。子どもの見舞いに来ないだけではなく、死に目にすら現れようとしない。

自分たちの子どもをなんだと思っているのか。そんなことをされて、子どもが悲しまないとでも思っているのだろうか。さりなの両親のあまりにも冷たすぎる対応に、ゴローは全身の血管が煮えくり返るような気分を味わっていた。

「どうして、そういうことになるんだ！」

思わず、ゴローは声を荒らげてしまっていた。

「なんでさりなが亡くなるかもしれないってときに！　あいつの両親は顔も出さないいんだ！」

「おふたりとも都心部の方で働いてる方なので、すぐには……」

困った様子で看護師が答えた。半分はさりなの境遇に同情しつつも、もう半分は諦《あきら》めているような、そんな複雑な顔色である。

だが、ゴローは諦念《ていねん》の境地に至ることはできなかった。

家族の時間は有限だ。思い出を作っておけるうちに作っておかないと、取り返しのつかないことになる。世の中にはゴローのように、最初から両親との思い出のない人間だっているのだ。こんな寂しさを、さりなに味わわせたくはない。

「それでも本当に親なのか⁉　母親ってのは……」

苛立《いらだ》つゴローの脇で、デスクの藤堂がため息をついた。

「そんなのは幻想だ。そういう親もいる。掃いて捨てるほど」

冷ややかな声色《こわいろ》だ。その表情には、不思議と怒りも悲しみもない。

藤堂はこれまで、外科医として多くの患者と接してきている。小児患者の死に立ち会うのも一度や二度ではないのだろう。そんな彼が言うのだから、さりなのような家庭も少なくないというのは、事実なのだ。

しかしだからといって、ゴローはさりなの両親の対応に納得はできなかった。あの子をこのままひとりで逝《い》かせてしまうなんて、そんなのは悲しすぎる。

藤堂が静かに続けた。

「さりなちゃんはお前によく懐いていた。最後は、お前が傍《そば》にいてやれ」

ゴローはもう、なにも言葉を返すことができなかった。憤《いきどお》りを感じていても、それを誰に対して、なにに対してぶつけていいのかわからない。そんな気分だった。

藤堂にも、そんな感情を見透かされていたのかもしれない。彼はふっと小さく息を吐くと、ゴローに憐憫《れんびん》の眼差しを向けた。

「辛い経験かもしれないが、医者ならば誰もが通る道だ。あまり気を落とすな」

そんなことを言われたところで、どう答えていいかわからない。そもそも自分にはまだ、この状況を受け入れるだけの余裕がないのだから。

ゴローは、ただ「はい」と頷《うなず》くだけで精一杯だった。

※

二〇一号室は、神妙な空気に包まれていた。

暗闇《くらやみ》の中に響くのは、降りやまない雨音と、心電図の電子音だけ。そのふたつの音が、まるで噛み合わない不協和音を奏でている。

この病室の主――さりなは、ベッドの上で静かに目を閉じていた。

肌は陶器のように青白く、からからに乾燥してしまっている。まるで生気のない人形のようだ。彼女が今まさに死に向かっていることを、まざまざと実感させられてしまう。

意識こそないようだが、ひどい苦痛を感じているのは伝わってくる。酸素吸入器の下で、ふっふっふっ、と浅い呼吸を繰り返していた。眉間《みけん》にはクレバスのように深い皺《しわ》が刻まれている。

つい半日前まで元気に笑っていた彼女とは、雲泥《うんでい》の有様だ。同一人物だとは思えない。

ゴローはベッド脇の椅子《いす》に座り、項垂《うなだ》れていた。

「なんでだよ。なんでこんな……」

病院で人の死に立ち会うのは、ゴローとてこれが初めてというわけではない。自身の祖母との別れも経験しているし、研修を通じて、それなりに親しい患者を見送ったこともあった。

だが、ここまで精神的に打ちのめされたことはなかった。次第に弱っていくさりなの姿を見ていると、自分の中のなにかが崩れ落ちそうな気分になる。

その理由は明白だった。さりながそれだけ、自分にとって大きな存在になっていたということである。

「最初は、変な子だと思ってたんだけどな」

そもそもゴローがさりなと知り合ったのは、去年の夏のことだった。

きっかけは、病院から脱走を図ろうとしていた彼女を呼び止めたことだ。それでB小町やアイのことを聞いているうちに、よく話すような間柄になった。

さりなとのやりとりは、どれもよく覚えている。自分の好きなものについて語るときの彼女はとても楽しそうで、ゴローもだんだんと微笑《ほほえ》ましく思えるようになったのだ。

もともとゴローには、さりなのようにそこまでなにかに熱中した経験はない。趣味といえばせいぜい読書くらいのもの。それだって別に、三度の飯より好きだというほどではない。命がけでなにかを愛するなんて、自分には無縁のことだと思っていたくらいだ。

だからこそ、ゴローはさりなに興味を持ったのかもしれない。今なら、なんとなくその理由が分析できる。

「僕と同じ境遇なのに、僕とは大違いで」

さりなは家族からの愛をろくに知らず、たったひとり病院で過ごしてきた。

そんな姿に、ゴローは自分を重ねていたのかもしれない。ゴローもまた両親の顔を知らず、祖母の期待に応《こた》える生き方しか選べなかった。そういう意味では、さりなもゴローも、抱えているものは同じだったのだ。

だがさりなは、ゴローにはないものを持っていた。アイやB小町に対する強い情熱だ。ゴローにはそれを完全に理解することはできなかったが、推し活を楽しむ彼女を見守るのは悪い気分ではなかった。

さりなの笑顔を見ることで、自分も救われた気分になりたかった――。もしかするとそういう気持ちが、ゴローの中にあったのかもしれない。

心の底から「アイちゃんラブ！」と言えるさりなのことが、ゴローには眩《まぶ》しく思えてならなかったのだ。

「そうだったよな。アイちゃんに会いたいって……あんなに楽しみにしてたのに」

B小町ライブIN宮崎。ゴローがそのライブのチケットを入手して帰ったとき、さりなは全身全霊で喜んでくれた。あの顔を見られただけで、ゴローはそれまでの苦労が報われた思いがしたものだ。

なのに――ようやくその喜びが叶う目前で、さりなの人生に時間切れが訪れてしまった。

「こんなのってないよな……。酷《ひど》すぎだろ、神様……」

さりなはまだ十二歳だ。本来なら学校に行ったり、友達と遊んだり、明るく楽しく過ごしていい年ごろのはずである。こんな風にベッドの上でひとり寂しく人生を終わらせてしまうなんて、あまりにも不憫《ふびん》すぎるではないか。

さりなの顔を見下ろしながら、ゴローはぎゅっと下唇を噛んだ。いくら彼女を可哀想《かわいそう》に思ったとしても、自分にはどうすることもできない。それが歯がゆくてたまらないのだ。

そもそも、藤堂らベテラン医師たちですら無理だと判断しているのだ。それはわかる。

現代の医学では、もはや彼女を救うことは不可能なのだろう。

今の自分にできることは、ただここでこうして死にゆく彼女を見つめることだけ。

あまりにも無力だった。それはもう、吐き気すら感じてしまうほどに。

そのときだ。

「……せんせ?」

ベッド上のさりなが、ゆっくりと目を開けた。意識を取り戻したようだ。彼女は震える手で口元の吸入器を外すと、ゴローに向けてにこりと微笑んだ。

「来てくれたんだぁ……。ゴメン、気がつかなかった」

「無理しないで、さりなちゃん。今は寝てなくちゃ――」

ゴローが「ダメだよ」と言い終わる前に、さりなは「あのね」と口を開いていた。

「夢を見たよ」

「夢?」

「私……アイドルになったんだぁ」

さりなは、穏やかな口調でそう告げた。これから死に向かう少女とは思えないほどに、その目はキラキラと輝いている。

「B小町のメンバーになってさ……。アイちゃんみたいにステージの上に立って、大勢のお客さんたちの前でライブしてるの」

「ライブって……」

「他のメンバーはふたり。どっちもすごく可愛《かわい》い子で、私たち三人すごく仲良しで……」

さりなは「えへへ」と笑った。

「なんか変だよね……。B小町は今、七人ユニットのはずなのに」

「いや、夢なんて、支離滅裂なもんだ」

ゴローもさりなに合わせて、なんとか笑みを作ろうと試みた。しかし、ぎこちなく口元を歪めることしかできなかった。

自分の人生の終焉《しゅうえん》に際しながら、見た夢について楽しげに語る――。そんなさりなの姿は、あまりにも痛々しかった。

「観客席にはね、せんせもいたんだ。一生懸命サイリウムを振って、私たちのこと応援してくれてた」

嬉《うれ》しかったなぁ……と、さりなは目を細めた。その目の端から雫《しずく》が零《こぼ》れ、彼女の乾いた頬に一筋の跡を残した。

どう応えればいいのかわからない。ゴローは精一杯の笑顔を作り、「ああ」と頷いた。

「応援なら任せてくれよ。さりなちゃんがアイドルになったら、いの一番で駆けつけるからさ」

「えへへ……。せんせも、もうすっかりアイドルオタクだもんね」

「いや、そんなこと――」

ゴローが首を振ろうとした矢先、さりなが「んっ」と苦しげに顔をしかめた。頭痛の症状が出ているのだろう。

ゴローは、枕元のナースコールへと手を伸ばした。

「待ってて。今、藤堂先生を呼ぶ」

しかしさりなは「いいの」と首を振った。

「自分でもわかってるから……もうダメだって……」

「そんなことない。こんな病気、すぐに治るって。そうだよ。退院だって時間の問題だ。そうすればB小町のライブも行き放題だし、アイドルの勉強もできる」

ゴローはそう言いつつ、自分の言葉にどうしようもない浅ましさを感じていた。

彼女にはもう、そんな未来の可能性は残されていない。いくら前向きであろうとしたところで、無理なものは無理なのだ。

さりなにもそれはわかっているのだろう。ゴローの目を見つめて、にこりと口の端を上げた。

「せんせ、優しいね。でも、嘘、下手《へた》すぎかなぁ……」

「嘘だなんて、そんなつもりは」

「そんな顔、しちゃだめだよ。もっと、嘘は上手につけるようにならなきゃ……」

さりなはふっと小さく笑って、サイドテーブルに手を伸ばす。そこに置かれていたものをつまみ上げ、ゴローの方に差し出した。

「せんせぇ……これ、あげるよ」

さりなから手渡されたのは、アクリル製のキーホルダーだった。デフォルメされたアイのイラストと共に、「アイ無限恒久永遠推し!!!」の文字がプリントされている。B小町の公式グッズのようだ。

「体調良いとき……一回だけB小町のライブに行ったことがあって、そのときのガチャで出たんだぁ」

さりなの声色《こわいろ》は、ますます弱々しくなっていた。ひとつ言葉を発するたびに、彼女の命の灯が、か細く消えていくような気がする。それを止めることができないのが、ゴローにとってはどうしても辛いことだった。

「私だと思って、大事にしてね」

さりなはかつて、B小町のライブに行こうとしたことがあるらしい。しかし、体調が追いつかず、結局ライブ自体は観られずに帰ってきてしまったそうなのだ。

彼女がB小町のイベントに参加したのは、それが一度きり。だからこそ、そんな場所で手に入れたこのキーホルダーは、彼女にとってはなによりも大切な宝物だったはずだ。それを手放してしまうことの意味を、ゴローは考えたくもなかった。

だが、今さりなの前で悲しい表情を見せるわけにもいかない。ゴローは奥歯を強く噛みしめ、キーホルダーを握りしめた。

「わかった。ずっと大事にする。ずっとだ……」

そんなゴローの言葉に、さりなは「えへへ」と、安堵《あんど》の面持《おもも》ちを浮かべた。潤《うる》んだ目で、ゴローを見上げている。

「せんせ、だぁいすき……」

さりなの伸ばした指先が、ゴローの頬に触れる。ひんやりと冷たい感触。そこにはもはや、彼女の生の温《ぬく》もりを感じることはできなかった。

「もし……生まれ変わっても、きっと――」

それだけを告げて、さりなは目を閉じる。ゴローの頬に触れていた彼女の手は、力なくベッドの上へと落ちた。

それまで断続的に響いていたモニターの電子音が、一定のリズムをきざむのを止めた。さりなの心臓が、ついにその役目を終えたということだ。

ゴローはもう、自分が息をすることすら忘れてしまっていた。

生まれ変わりなんて、そんなことはあるはずがない。自分はもう金輪際、さりなの笑顔を見ることはできないのだ。その事実が、ゴローの胸を強く締め付けている。

結局、なにもできなかった。

自分はただ、ほんの少しの間さりなの話し相手になっただけ。彼女を救うことはおろか、なにひとつ楽しい思い出を作ってやることもできなかった。

なにが医者だ。なにが「せんせ」だ。自分の無力さに、反吐《へど》が出てしまう。

ゴローは暗闇の中、ただ物言わぬ身体となった彼女を見下ろしていた。視界が滲《にじ》み、彼女の顔がはっきりとは見えなくなってしまっても、ずっと見つめ続けた。

激しい雨音が、はるか遠くに聞こえている。

※

それからしばらく、忙しい日々が続いた。

さりなの親が病院に姿を見せたのは、彼女の死後からゆうに三日経《た》った後だった。それも、現れたのは父親の方だけ。医師やその他の職員とは最低限の挨拶《あいさつ》をしたのみで、ほとんど口を聞かなかったらしい。そそくさとさりなの遺体を引き取り、そのまま霊柩車《れいきゅうしゃ》へと運びこんだという。

もともとゴローは、その場には立ち会えていない。さりなの親と顔を合わせたとき、平静を保つ自信がなかったからだ。

ゴローはその日、ただ黙々と臨床研修に励んでいた。先輩医師の回診に立ち会い、手術の助手を務め、院長のありがたいお説教を黙々と聞く。

次の日も、そのまた次の日もそれを繰り返した。なにかに夢中になっていれば、なにも考えなくていい。ゴローにとっては、それが一番気楽だったのである。

そうしてさりなとの別れの日から何日かが過ぎた。二月に入ったが、まだまだ寒さの厳しい季節は続いている。

ゴローの生活は、表向きにはなにも変わらなかった。さりなと出会う前のように、ゴローは淡々とやるべきことをこなすだけ。産医になるという目標に向け、粛々《しゆくしゆく》と勉学に勤《いそ》しんでいたのである。

変わったことといえば、勤務上がりに飲む酒の量が増えたくらいだ。

「——はいよ、シングルモルト、ストレートね」

白髪の店主はそう告げて、ゴローの前に琥珀《こはく》色の液体の入ったグラスを置いた。

ここは延岡《のべおか》駅の裏手にある老舗《しにせ》のバーである。客席はカウンターが六つに、テーブルがふたつ。カウンターに座るゴローを除けば、客はひとりもいない。

この高齢の店主がひとりで経営している店なのだろう。食器類も棚も、それから革張りの椅子も、すべてがレトロな雰囲気を漂わせている。壁にはヴィンテージのギターや、七〇年代のジャズのレコードが飾られている。まるで時代に取り残されたかのように古臭い店だが、不思議と雰囲気は悪くはなかった。落ちついて飲むにはちょうどいい店だ。

ゴローは、出されたウィスキーのグラスを一息で胃の中に流しこんだ。

口の中をほのかな香りが通り抜け、喉《のど》がひりひりと灼《や》けた。くらりと感じる酩酊《めいてい》感。世界が歪み、ぼんやりとした熱を持つ。

味を楽しむつもりは最初からなかった。今のゴローはただ、アルコールだけを欲していた。酔っていなければ、どうしようもない無力感に押しつぶされてしまうから。

空になったグラスをカウンターに置き、ゴローは店主を見上げた。

「おかわり、ください」

店主がゴローの顔を見て、眉間に皺を寄せた。皺だらけの顔が、さらに皺くちゃになる。

「まだ飲むのかい。兄ちゃん、今日はだいぶ深酒だね。そろそろ水にしておいたら」

そんなことを言われても、他人に指図される筋合いはない。酔いたいから酒を飲む。それだけなのだ。ゴローはなにも言わずに、じっと店主を見つめ返した。

すると店主の方も根負けしたようで、ため息交じりにゴローのグラスを受け取った。そこにウィスキーを注ぎ、「ほら」とゴローの前に戻す。

「これでもう、今夜は二十杯目だ」

「ああ、どうも」

ゴローは生返事をして、グラスに口をつける。旨《うま》くも不味《まず》くもない酒の味。口に入るものの味を楽しめなくなっているのは、なにも酒に限った話ではないのだが。

店主がカウンター越しに、心配げな面持ちで視線を向けてくる。

「なあ、なにがあったかは知らないが、ヤケ酒は良くないよ」

「別に、そんなつもりじゃないですけど」

「身体に悪いって。まだ若いのに、お医者様の厄介《やっかい》になったら大変だよ」

俺がその医者ですよ、と言おうとして、ゴローは肩を竦《すく》めた。実際のところはまだ研修医に過ぎないし、仮にまともな医者だったとしても、なにが変わるわけでもない。医者が無力な存在であることは、身に染みてわかっている。

「放っておいてください。お店に迷惑はかけませんから」

ゴローの拒絶の意思を、店主も汲《く》み取ったのだろう。彼は「そうかい」とだけ答えて、ゴローから視線を逸《そ》らした。こういうふうに物わかりがいいところも、ゴローがこの店を気に入っている理由のひとつだった。

ゴローが再びグラスを握り、それを口に運ぼうとしたところで、チリンと音が鳴った。店のドアベルの音だ。

「あれー、ゴローちゃんだ」

声をかけられ、ゴローは店の入り口の方に目を向けた。

店に入ってきたのは、茶色の髪をソバージュにした、派手な女だった。歳《とし》はゴローと同じくらい。肩が大きく露出したフリル付のトップスに、ピンクのミニスカートを合わせている。化粧はかなり濃い目。夜の仕事をしているような印象。マスカラばっちりの目元には、ゴローもどこかで見覚えがあった。

「ああ、ええと——」

「あたしよ、ユミコ。忘れちゃった?」

ユミコと名乗った女は、カウンターに近づくと、ゴローの隣に腰を下ろした。甘ったるい香水の匂いが、ぷんと鼻につく。

「マスター、ゴローちゃんと同じのちょうだい」

以前、どこかで会った相手だろうか。ゴローは思い出そうとしたのだが、アルコールの回った頭ではそれは叶わなかった。

思い出せないなら思い出せないで仕方ない。どうせ、それほど重要な相手ではないということだ。ゴローはウィスキーを喉に流しこみつつ、「悪いけど」と告げた。

「君が誰なのか、さっぱり覚えてない」

ユミコという女はなぜかそれが面白かったのか、「ひどーい」とケラケラ笑っていた。

「ゴローちゃん、相変わらず冗談がキツイよね」

「別に冗談とかじゃなくて」

「あ、ほんとに忘れちゃってる系？　まあゴローちゃんと前に飲んでから、もう一年ぶりくらいだもんね。懐かしいわー」

ユミコは「うふふ」と意味深な笑みを浮かべて、馴《な》れ馴れしくゴローに顔を近づけてきた。吐息が触れ合うような距離感。どうやら普通の飲み友達だったわけではなさそうだ。

「最近全然連絡くれなかったじゃない。寂しかったんだけど」

ゴローは一時期、このあたりで飲み歩いていたこともある。東京の医大を出た後、研修で宮崎に帰ってきたばかりの頃だ。彼女は、そのときに親密になった女性のひとりだったかもしれない。心当たりが多くて、断定はできないが。

「まあ、ゴローちゃんが忙しいのもしょうがないか。なんたってお医者さんのタマゴだもんね。女の子たちが放っておかないだろうし」

「別に、そういうんじゃない」

そういえばここ最近、女性との遊びはご無沙汰《ぶさた》だった気がする。このところ、ゴローの興味関心はずっとB小町に向けられていたからだ。

さりなから借りたライブ動画を観たり、トーク傑作選を聴き直したり、自分でB小町の最新情報をネットで収集したり――気づけば余暇時間のほとんどを、アイを追いかけることに費やしてしまっていた気がする。

――なんだかんだ言って、せんせもすっかりアイの虜《とりこ》だね。

ふと耳に、そんな舌足らずな声が蘇《よみがえ》った。胸がずきりと痛む。こんなことを思い出してしまうのは、酔いが足りないせいかもしれない。

ゴローは、さらにウィスキーを呷《あお》った。

その様子を横目に、ユミコは「あらあら」と苦笑する。

「なんだか荒れてるねー。もしかして、失恋でもしたの？」

「失恋？」

「今夜のゴローちゃん、なんだか捨てられた子犬みたいに寂しそうな顔してるから。最近、恋人さんとお別れでもしたのかなーって」

「そんなの……君には関係ないだろ」

ゴローは突き放すようにそう告げた。こちらのプライバシーにずけずけ踏みこんでくる。なんとも図々しい女だ。

「いいから、放っておいてくれよ」

しかしゴローがそう言っても、ユミコには懲《こ》りた様子はなかった。「ふーん」と厚かましくゴローの顔を覗《のぞ》きこんでくる。

「ゴローちゃん、その子に対してよっぽどホンキだったんだね、どんな彼女さんだったの？」

ゴローはその問いには答えず、グラスを一気に傾けた。

そもそもさりなは、自分にとって恋人というわけではない。それどころか、受け持ちの患者だったわけでもない。

では自分にとって、さりなはどんな子なのか――。改めて考えてみると、それを一言で表現するのは難しいかもしれない。

研修先の病院で出会った、難病の少女。地下アイドルの大ファン。アイドルになりたいという夢を抱いていた女の子。それらの表現のいずれも正しく、同時にいずれも間違っているような気がする。

半年も一緒に過ごしていたにもかかわらず、自分は彼女の属性を定義することもできないのだ。いまさらながら、ゴローはその事実に愕然《がくぜん》としてしまう。

あの子は、わずか十二年の生涯を、病院のベッドの上で終えた。病気のせいで家族にも恵まれず、夢を叶えることもできなかった。

あの子の人生は、いったいなんだったのか。なにが残ったのか。

ゴローはグラスの中に残った氷を見つめつつ、さりなの顔を思い浮かべてみる。天真爛《らん》漫《まん》な笑顔がすぐに蘇った。そのことに、ゴローはほっと胸を撫《な》でおろす。

だが時が経つにつれ、彼女のことを思い出すのは難しくなっていくだろう。家族にも忘れられ、いつかは医者にも忘れられる。そのとき、彼女の生きた証《あかし》はどこにもなくなってしまうのだろうか。それはとても、悲しいことだ。

ゴローは、ふうと息を吐いた。考えなくてもいいことを考えたせいで、なんだか頭が重い。今日はもう、この店を出た方がよさそうだ。

ゴローは椅子から立ち上がり、ズボンのポケットから万札を引き抜いた。「これ、お勘定」と、無造作にカウンターの上に置く。

ゴローはフラつく足取りで、バーの出入り口へと向かった。

背後からは「ちょっと、どこ行くのよ」という女の声が聞こえていたが、それに返事をする気力も湧かなかった。

※

酒で火照《ほて》った肌を、ひんやりとした風が撫でる。

携帯電話の時刻表示を見れば、時刻は二十二時を回ったところだった。これなら大丈夫だ。まだタクシーはつかまえられるだろう。

ゴローは、ゆっくりと駅のロータリーに向けて歩き出した。空気は冷たく、一歩ごとに目が覚めるような心地である。

正直言えば、まだ酔いが足りない気分だった。この程度の酩酊《めいてい》では、またろくでもないことを考えてしまう。家に帰ったら、改めて飲み直した方がいいかもしれない。

そんなことを考えていると、不意に右肩が重くなった。

「ゴローちゃん♡」

さっきの女――ユミコだ。いつの間にか右腕にしがみついていた。きつい香水の匂い。頭がくらくらする。

「おい、なにするんだ」

「えへへ、さっきのゴローちゃんの思いつめた顔見てたら、なんだか妬《や》けちゃって」

「はあ?」

「そんなに悲しいお別れだったんならさ、ゴローちゃんも辛いでしょ?　今夜はあたしが慰めてあげようか?」

「結構だ」

ゴローがユミコを押し返そうとすると、ユミコは「ええー」とピンクの頬を膨らませた。

「いいじゃない。久しぶりに会ったんだし、どっかで飲み直そうよ」

「うるさいな……。男と飲みたいんなら他を当たれよ。その辺にいくらでもいるだろ」

ゴローはすぐに振りほどこうとしたのだが、ユミコの方はゴローを放すつもりはないようだった。両手で、がっしりと腕をホールドされてしまう。

「だったらさ、お酒じゃなくてもいいよ。どこか休める場所に行くとかでも」

「いい加減にしてくれ」

ゴローは辟易《へきえき》しつつ、首を横に振った。厄介なのに絡まれてしまったと思う。以前ならいざ知らず、今はこういう軽そうな女の相手をする気分ではないのだ。

「放せって、ほら」

そうやってユミコを引き剝がそうとしていると、不意に背後から「おい！」と野太い声が聞こえてきた。

「てめえコラ！　俺の女に、なにしてやがるんだ！」

振り向くと、髪を逆立てた男がいた。歳《とし》は三十代半ばぐらい。体格はよく、柄入りの派手なシャツを着ている。大きく開けた胸元には、銀のアクセサリーが光っている。わかりやすいくらいにチンピラ風の男だ。

チンピラ男は額に青筋を走らせ、ゴローを睨《にら》みつけている。

「覚悟はできてんのか、あぁん!?」

チンピラ男が凄《すご》んでみせると、ユミコは「やばっ」とゴローから手を放した。

この反応から察するに、このチンピラ男は彼女の情夫かなにかなのだろう。ゴローにとってはどうでもいいことだが。

ゴローは眼鏡の位置を直し、男に向き直った。

「勘違いはやめてくれ。この子が勝手に絡んできただけの話で」

「あぁ⁉　言い逃れるつもりか⁉」

男は大股《また》で近寄ってくると、やおらにゴローの襟元《えりもと》をつかみあげた。そのまま有無を言わさず、「畜生が！」と拳《こぶし》で頬を殴りつけてくる。

目の前で火花が散った。突然の痛みに、ゴローはどうすることもできなかった。眼鏡がずり落ち、アスファルトに転がった。

なにをするんだ——ゴローがそう告げようとしたところで、さらに男は拳を振るった。肩口を強くどつかれ、ゴローはその場に尻もちをついてしまう。

ユミコが「きゃあっ！」と悲鳴を上げる。

「やめてよ、タッちゃん、暴力は——」

「うるせえ！　お前は引っこんでろ！」

男はユミコを押しのけ、さらにゴローに詰め寄った。怒りで我を失っているのか、鼻息が荒い。まるで猛牛のようだ、とゴローは思う。

なにかにつけて暴力を振るうタイプの人間は、どこにだって少なからずいる。いわゆるＡＳＰＤ——反社会性パーソナリティ障害というやつだ。ゴローはなぜかぼんやりと、学部の頃にそう学んだのを思い出した。産医志望の研修医にとっては、一般常識以上には役に立たない知識だ。

いきなり殴られたにもかかわらず、ゴローの頭の中は冷ややかだった。自分でも、どうしてこんなに冷静なのかが不思議なくらいである。

　酒が入っているせいだろうか。それとも頭のネジがどこかで外れて、痛みを覚える機能がイカレてしまったのだろうか。

　そういえば以前さりなに、「感性が枯れ果ててる」と言われたことを思い出した。今の状態はまさにそれだ。痛みも苦しみも、喜びも楽しさもなにも感じない。

　意外とあの子、人を見る目があったんだな――そんなことを考えているうちに、ゴローは、「ふふっ」と笑みをこぼしてしまった。

　チンピラ男には、それが気に食わなかったのだろう。般若《はんにゃ》のように表情を歪ませた。

「舐《な》めやがって！　この間男が！」

　チンピラ男は足を振り上げ、みぞおちを狙って蹴りを繰り出した。

　次の瞬間、胃の中が引っくり返りそうになるほどの衝撃を覚える。男の爪先が、ゴローの腹にめりこんだのだ。思わず、「ぐうう」と情けない声が漏《も》れてしまう。

　逃げるか。立ち上がって身を守るか。それとも携帯で通報するか。実際、採れる選択肢はいくつかあったのだが、ゴローはただなにもしないことを選んだ。

　こうして痛みに身を任せれば、余計なことを忘れられる。そう思ってしまったのだ。

　そもそも仮にここで自分が死んだとしても、世の中はなにも変わりはしない。ゴローにとっては、なにもかもがどうでもよくなっていた。

　ゴローが抵抗しないのをいいことに、男はさらに調子づいたようだった。そのままゴローに馬乗りになり、激しく殴打《おうだ》を繰り返す。

「許さねえぞ、この野郎！　他人《ひと》の女に手ぇ出しやがって！　ぶっ殺してやる！」

顔を殴られ頭を殴られ、だんだんと気が遠くなっていく。脇の女がなにかを叫んでいるようだったが、それも次第に聞こえなくなってしまっていた。

まあ、それも知ったことではない。今のゴローにとっては、すべてが無価値に感じられてならなかったのである。

殺したいなら殺せばいい。ゴローは思う。アルコールが全身に回っているせいもあるのだろうか、身体が鉛《なまり》のように重たく、身を守る気力すら一向に湧かなかった。

だいたいこのままダラダラと生き続けたところで、なにがあるというのだろうか。明日も明後日《あさって》も、空虚な日々が延々と続いていくだけだ。そこにはもう、なんの楽しみも見いだせない。いっそここで殴り殺された方がマシだろう。

チンピラ男の歪んだ笑みを見上げながら、ゴローは口の中で小さく呟《つぶや》いた。

「どうせならこのまま全部、終わっちまえばいいんだ」

そのときふと、ユミコの視線を感じた。虚《うつ》ろな目で、じっとゴローを見つめている。いったいどうしたことか。彼女は俯《うつむ》いたまま、ぼそりと囁《ささや》くように告げた。

「――それはダメだよ」

不思議な声色《こわいろ》だった。どこか神秘的で、澄み切っている。

チンピラ男は、「あ？」とゴローを殴る手を止め、彼女に目を向けた。

「なんか言ったか、お前」

ユミコは男の反応を気にする様子もなく、ゴローの方へと一歩近づいた。腰を下ろし、じっと視線を合わせてくる。

それは、不気味なほどに瞳孔《どうこう》の開いた目だった。つい数分前までの彼女と同一人物だとは思えない。まるで何かに取りつかれてしまったかのようだった。

ユミコはゴローに向けて、さらに続けた。

「ここで君が死ねば、それが贖罪《しょくざい》になるとでも思っているのかい？　あの子がそう望んだとでも？」

思わず、耳を疑ってしまう。彼女の虚ろな目は、ゴローの心の中を見透かしているかのようだった。

チンピラ男も「なんだってんだよ」と首を傾《かし》げている。

構わず、彼女は続ける。

「君は、まだ終わらない。終わっちゃいけないんだ」

目を逸らそうにも、それはできなかった。完全に気圧《けお》されてしまっている。例えるなら神や仏のような、人智を超えた存在と相対しているような感覚だ。

ゴローは、ごくりと息を呑《の》んだ。

「終わらないって、どういうこと」

「君にはまだ、役目があるから」

「役目?」

ユミコは立ち上がり、ゴローを見下ろしている。それは人のものとは思えない、超然とした表情だった。

「受け止めてあげて、あの子の生きた証を」

「あの子?　生きた証?　なんのことだ?　君はいったい……?」

その問いに答えるかわりに、ユミコは右手でゴローを指差した。その人差し指の先端は、ちょうどジャケットの胸元あたりに向けられているようだった。

いったいどういうつもりなのか。ゴローがそこに手を伸ばすと、指先になにか硬いものが触れる感触があった。

そういえば——と思い出す。以前さりなから受け取ったキーホルダーを、このジャケットの内ポケットに入れっぱなしにしていたのだった。B小町のライブで入手したという、アクリル製キーホルダーである。

内ポケットからキーホルダーを取り出すと、笑顔のアイのイラストが目に入った。以前さりなが言っていた、魔法の笑顔だ。観る人を虜《とりこ》にする魔法がかかっているという。

なぜこの女が、キーホルダーの存在を知っているのだろうか。わけがわからない。

チンピラ男も、「ぽかん」と口を半開きにしてしまっている。

「ユミコ?　お前、さっきからどうした?」

当のユミコはなにも応えず、チンピラ男にくるりと背を向けてしまった。そのまま何気ない様子で、さっさと歩き出してしまう。

「お、おい！　待てよ！　どこ行くんだよ！」

チンピラ男も立ち上がり、慌《あわ》ててユミコの後を追った。ふたりが夜の闇の中へと消えていくまで、さほどの時間はかからなかった。

ひとり路上に取り残され、ゴローは呆気《あっけ》に取られた。あの女の豹変《ひょうへん》ぶりは、いったいどういうことなのだろうか。

「わけがわからない……」

ズキズキする頭を押さえ、ゴローは上体を起こした。

悪酔いしたせいか、しこたま殴られたせいか。自分は正気とは言い難い状況だった。今のが半分幻覚だったとしても、別に驚くことではない。

だがゴローはどうしても、今の会話を夢や幻《まぼろし》だと切って捨てる気にはなれなかった。あの女から告げられた言葉が、気になってしまって仕方がなかったのである。

「あの子の生きた証……か」

ゴローは再びキーホルダーに目を落とした。「アイ無限恒久永遠推し!!!」の文字。魔法の笑顔はあの日からなにも変わらず、キラキラと輝いている。

※

次の日ゴローは、脳外科の医局を訪れていた。さりなが亡くなってからは、なんとなく避けていた場所である。

ゴローがわざわざここに来る気になったのは、昨夜、あの女性から告げられた言葉が、どうしても頭から消えなかったからだった。さりなの生きた証——その答えが、この場所にあるような気がしたのだ。

ゴローが医局に入るなり、デスクに座っていた藤堂がぎょっとした表情を浮かべた。

「雨宮お前、どうしたんだその顔」

藤堂が驚くのも無理はない。昨晩チンピラ男に散々殴られたおかげで、顔があちこち腫《は》れてしまっていたのである。

酔って喧嘩《けんか》に巻きこまれたなんて、さすがに職場で口に出すのははばかられる。

「ああ、ええと……ちょっと転んで」

もっとも、外科医である藤堂からすれば、顔の傷が転んでできたものでないことくらいはお見通しだったのだろう。なにか言いたげな様子で、じろじろとゴローの様子を窺《うかが》っている。

説明が面倒なので、ゴローは「それより」と誤魔化すことにした。

「先生、ご無沙汰《ぶさた》してしまっていてすみません。さりなちゃんのことで、だいぶ世話になったのに」

「ああ。いや、謝る必要はない。こちらこそ悪かったな。お前にばかり辛い役回りを押し付けてしまって」

藤堂はそこで、なにかを思い出したかのように「そういえば」と声をあげた。

「そうだ。あの子のことで、お前に渡しておくものがあったんだった」

「渡しておくもの？」

「看護師が、あの子の病室を整理していてな。そのときこいつを見つけたらしい。サイドテーブルの引き出しの奥にあったんだそうだ」

白い封筒だった。封筒の表には小さく丸っこい筆致で、「ゴローせんせへ」と書かれている。どうやら、さりながゴローに宛てた手紙のようだった。

「お前に会えたら渡しておこうと思ってな。中身は見ていないが……きっとあの子も、どうしてもお前に伝えておきたかったことがあったんだろう」

ゴローは「ありがとうございます」と封筒を受け取った。

もしかしたら、探している答えはこの中にあるのだろうか。

※

藤堂と二言三言交わした後、ゴローは入院病棟の二〇一号室へと向かった。少し前まで、さりなの病室として使われていた場所である。

しかしそのさりなもいなくなり、病室はすっかり様相を異《こと》にしていた。カーテンも寝具も新しいものと交換されている。いつもサイドテーブルの上に置かれていたB小町のDVDも、その他のグッズ類も、綺麗《きれい》にどこかに片づけられてしまっていた。

がらんどうになった病室には、もうさりなの気配は残されていない。清潔で小ざっぱりとした雰囲気ではあったが、どこか寂しいものがある。

「さて、と……」

ベッド脇の椅子に深々と腰掛け、ゴローは受け取った封筒に目を落とした。

この部屋を訪れたことに、大した理由はなかった。彼女の手紙を読むのなら、なんとなくこの場所が相応《ふさわ》しい。そう思っただけである。

カッターナイフで封筒の端を切る。中には可愛らしいキャラクターものの便箋《びんせん》が一枚、小さく折りたたまれていた。

便箋を開くと、『やっほー、せんせ』という元気な文字が目に飛びこんできた。

『せんせがこれを読んでる頃には、もう私はいないんじゃないかと思います。きっとせんせのことだから、クールな振りして陰《かげ》で落ちこんでたりするんじゃないかなあ』

手紙の内容に、ゴローは「そうかもな」と笑みを漏らしてしまった。さりなの言うことは概《おおむ》ね間違っていない。雨宮ゴローという人間を、よくわかっているようだ。

『だからさ、そんなせんせに、これ超オススメ。絶対観てね』

その文章のあとには、「http://」から始まるURLが記載されていた。その他には特になにも書かれていない。なんだか呆気なさすぎて、拍子抜けしてしまう手紙である。

「このサイトにアクセスしろってことか……？」

ゴローは携帯を取り出し、手紙に書かれていたURLをブラウザに入力した。どうやら、動画サイトのアドレスだったようだ。

ページが切り替わったとたん、アップテンポな音楽が流れ出した。


『♫――頑張れ頑張れ大丈夫！　キミは絶対大丈夫！』


画面には、夕焼けに染まるステージが映し出されていた。

ステージ背景には、どこかの学校を思わせるような映像が流れている。野球部らしき少年たちが練習しているグラウンドの映像だ。

これはいったいなんのステージなのか。ゴローが怪訝《けげん》に思っていると、チアガール風のアイドル衣装の少女たちが画面端から駆けてきた。

B小町だ。この半年間、さりなと一緒に何度もDVD越しに見守ってきた少女たち。彼女たちの顔を、ゴローが見間違えるはずはない。

先頭を走る少女は、不動のセンター・アイ。彼女はステージの中央で足を止め、カメラに向けて全力の笑顔を放った。


『♫――らしく輝く　キミが見たいよ　私の推しは　最高だから！』

画面が上空へとパンアップする。エレキギターのメロディアスな旋律と共に、画面の中央にタイトルが表示された。

〝推しに願いを〟――それがこの曲のタイトルらしい。

どうやらこの動画は、Ｂ小町のライブ映像のようだ。ゴローも見たことがなかったので、おそらくはファンメイドの動画なのだろう。撮影や編集には、どこか素人《しろうと》らしい粗《あら》と温かみを感じる。

『♫――人生なんて　山あり谷あり　楽ちんライフは　そうそうムリ』

ステージ背景の映像は、学校のグラウンドから都会の駅前に変わっていた。通勤中のサラリーマンたちが、疲れた顔で駅に吸いこまれていく光景。そんな彼らを励ますかのように、チアガール姿のＢ小町のメンバーたちが満面の笑みでポンポンを振っている。

『♫――泣きたくなっちゃう　夜もあるけど　イヤホン片手に　星を見上げて』

アイがまっすぐにカメラに向けて手を差し出した。その仕草に、不意にゴローはどきりとさせられてしまう。まるで彼女が、ゴローひとりのためだけに歌っているように思えてしまったからだ。

『♫──どんなときでも　前を見つめる　満面ピースの　キミに夢中』

画面はさらに、どこかの公民館へ。お年寄りが集まるホールの中でも、アイの笑顔はますます輝いていた。

『♫──辛いときには　背中を推すよ　それが私の　ハッピーだから』

買い物客の集まるアーケード街。子どもたちが集まる公園。背景映像は次々に変わっていく。チアガール姿のB小町は、それらの映像の前で全力のダンスパフォーマンスを繰り広げている。

なるほど──とゴローは思う。このライブのコンセプトは、〝応援〟なのだ。学生も社会人も、老いも若きも、のべつ幕なしに色んな人を応援する。アイの気合いがこもった眼差しには、まるで日本中を元気にしてやろうという意欲すら感じる。

『♫──頑張れ頑張れ大丈夫！　キミは絶対大丈夫！』

『♫――らしく輝く　キミが見たいよ　私の推しは　最高だから！』

サビが繰り返され、間奏が流れる。他のメンバーたちは画面の外へと退場し、カメラがアイに寄った。彼女の台詞《せりふ》のパートのようだ。

『みんな！　新曲聞いてくれてありがとう！　B小町初の青春応援歌――〝推しに願いを〟どうかな⁉　実は今回のライブの演出、私が企画出したんだよ！』

へえ、とゴローは舌を巻いた。もともとアイは多才な少女だとは思っていたが、こういう企画までこなすタイプだとは思わなかった。

もしかしたら、この曲にはそれだけ彼女が伝えたい思いが詰まっているということなのかもしれない。

動画の中のアイの視線が、ゴローをまっすぐに射抜いた。

『私にとっては、みんなが推しなんだ。仲間たちも、B小町ファンのみんなも。それから、これからファンになってくれるだろう人たちも……。だからね、みんなには、みんなの人生を全力で頑張ってほしいと思ってる！』

アイがマイクを握り、にっこりと微笑んだ。魔法の笑顔。

『〝頑張れ〟なんて無責任な言葉だけど、それでも私は言うよ。この歌で元気になってくれる人がひとりでもいれば、それだけで私はハッピーだから！』

アイの言葉と共に、再び間奏が盛り上がりを見せてきた。他のメンバーたちが画面外から戻り、アイを中心にダンスの隊列を組み直す。ミュージックのパートが再開したのだ。

『♫――フレフレ人類　フレフレ地球！』

『♫――セカイに届けこのメロディー　推しへの願いが　未来を変える！』

みんなが推し。先ほどそう語ったアイの言葉は、彼女の本心なのだろうか。それとも、アイドルによくある安っぽい売り文句なのだろうか。

ゴローは、もはやそんなことはどちらでもいいと思った。なぜなら彼女の無責任な応援は、痛いほどにゴローの心を震わせてしまっていたからだ。

『♫――頑張れ頑張れ大丈夫！　キミは絶対大丈夫！』

Cパートのサビ。アイの力強い視線は、まるで本当に「頑張れ」「頑張れ」と、こちらの背中をがむしゃらに押してくるような感覚だ。もしかしたらかつてのさりなも、この曲に支えられて闘病生活を送っていたのかもしれない。

『♫――らしく輝く　キミが見たいよ　私の推しは　最高だから！』

そうか、とゴローは気づく。彼女が自分に伝えたかったのは、これなのだ。アイを推すことが、さりなの生きる原動力。すなわち、生きた証だった。

「誰かを推すことは、自分をも幸せにすることである──か」

いつか自分が藤堂に告げた言葉が、ふと胸に蘇る。ゴローはつい「ははっ」と笑みをこぼしてしまった。

「アレ、冗談のつもりで言ってたんだけどな……。さりなちゃんにとっては、本当にその通りだったわけか」

最初から、ゴローが案ずるようなことはなにもなかったのだ。さりなはすでにアイの歌を通じて、生きる幸せを手にしていたのだから。

そしてさりなは彼女自身だけではなく、この曲を通じて、ゴローをも元気づけようとしてくれたというわけだ。なんともあの子らしいやり方である。

「ったく、さりなちゃんは……最後の最後まで推し活かよ」

微笑みと同時に、ゴローの頰を熱い雫が伝った。雫は携帯の画面に落ち、踊るB小町の姿を滲ませる。

めちゃくちゃ悲しいはずなのに、めちゃくちゃ嬉しくて。死ぬほど泣きたいはずなのに、大声で笑いだしたくて。さりなの置き土産《みやげ》は、ゴローの魂《たましい》を全方向に震わせていた。

「ははっ……なんかもう、頭ん中ぐちゃぐちゃだ……。ホントすげーよ。アイも、さりなちゃんも」

どうしてだろう。アイの一生懸命なパフォーマンスを見ていると、まるでさりながそこで一緒に歌って踊っているような気分になってしまう。

もしもあの子が生きていたら。夢を叶えることができていたら。きっとアイみたいに、周りのみんなに元気を与えられるような存在になっていたはずだ。

さりなが満員のステージの上で、観客たちに向けて全力の笑みを浮かべている姿――ゴローにはなぜか、そんな未来がありありと想像できた。


『♫――頑張れ頑張れ大丈夫！　キミは絶対大丈夫！』


絶対大丈夫。そんな前向きなフレーズに後押しされるように、ゴローはふと未来を信じてみたい気分になっていた。あの子がどこかで生まれ変わって、今度こそちゃんと夢が叶えられるような、そんな未来を。

そんなありもしないようなことを考えさせられてしまうのだから、このアイというアイドルはやはりただ者ではないのかもしれない。

――ね、せんせ。アイちゃんは最高でしょ。

ふと、どこからかそんな声が聞こえた気がした。どこまでもあの子らしいな、とゴローは手の甲で目元を拭う。

「らしく輝く　キミが見たいよ　私の推しは　最高だから……！」

気づけばゴローは画面の中のアイに合わせて、自然とサビを口ずさんでしまっていた。

※

「……そりゃあね、藤堂先生。たしかに、ありぴゃんもきゅんぱんも歌唱力は高いですよ。でもね。アイの歌には『上手《うま》い』とか『下手』とかいう単純な言葉だけでは言い表せられない、ポテンシャルが秘められているんです。なんというか、ステージを観たすべての人間の興味関心を、一気に奪い去っていくレベルのね。あんなアイドル、メジャーを含めてもそうそういませんよ。ぶっちゃけ言えば、今すぐにでもドームを満員にできる実力はあるでしょうね。そう、あれはもう奇跡と呼べるほどの――」

ゴローの言葉に、藤堂は「ちょっと待て」と口を挟んだ。

「雨宮。熱弁しているところ悪いんだがな。お前がなにを言っているのか、さっぱりわからないぞ」

「いまさらなにを。先生が『アイドルなんてなにが良いのかわからない』って言うから、私がこうして教えて差し上げているのでしょう」

「いや、別に教えてほしいとは頼んでないが……」

「いやいやいや。そう言わず。先生も絶対ハマりますから。私、確信ありますから」

ここは医局内、藤堂のデスクである。啞然《あぜん》とした様子の彼に向かって、ゴローは自らの推しの素晴らしさについて饒舌《じょうぜつ》に語っていた。

藤堂からさりなの手紙を受け取ったのが、今から三カ月ほど前のことだ。あの日以来、ゴローの日常に変化があった。

大きく変わったのはふたつ。ひとつは、仕事終わりの深酒をやめたこと。そしてふたつ目は、その代わりに、推し活を始めたということである。

B小町に関する情報やアイテムを収集し、それを心ゆくまで愛《め》で、周囲に布教する。かつてさりながそうしていたように、ゴローも全力でアイに向き合うことにしたのである。さりなの夢見た少女の行く末を、あの子に代わって見届ける。そうすることで、自分も前に進める気がしたからだ。

藤堂の冷たい視線もなんのその。ゴローは滔々《とうとう》と続けた。

「私もね、少し前までは思っていたんですよ。大の男が、ひと回り以上も歳の離れた少女に夢中になるなんておかしいって。でも、それは間違いだって気づいたんですよ」

「はあ？」

「良いものに歳は関係ない。むしろ彼女たちを推すことで、無限の活力を得られるんですから。もう、気持ちはすっかりローティーン！　って感じで。ガチで若返りますよ」

「若返り、ねえ」

藤堂が胡散《うさん》臭げな目を向けた。彼だけではない。同じ部屋にいた他の医師や看護師たちも一緒だ。遠巻きにゴローにジト目を向けている。

「……最近、雨宮先生ちょっとヤバくないですか」

「……なんかアレ、危ない薬でもやってるんじゃないですかね」

「……ちょっとショック。カッコイイと思ってたのに」

根も葉もない噂話《うわさ》が飛び交っていたが、今のゴローにはどうでもいいことだった。推しに夢中になることが、今のゴローのすべてなのだから。

呆《あき》れた様子の藤堂に向けて、ゴローは「では」と軽く頭を下げた。

「まあそんなわけで、今日は早退させてもらいますね」

「なにが『そんなわけで』なんだよ。お前、今日のレポート、まだ提出してないだろうが」

「だって今夜は、これから待ちに待ったB小町の宮崎ライブなんですよ。レポートなんて書いてる場合じゃないでしょう」

ゴローがあまりに堂々とそう告げたことで、藤堂はもはや正論を言う気も失ってしまったのかもしれない。口をぽかんと半開きにして、「はあ?」と首を傾げただけだった。

「レポートは明日まとめてやりますから。それでは先生、さようなら」

これでOK。相手の返事も待たず、ゴローは意気揚々と医局を出る。

廊下の窓から空を見上げると、夕暮れ空が深い茜色《あかね》に染まっているのが見えた。現在時刻は午後五時過ぎ。今から車を飛ばせば、なんとかライブの開演には間に合うだろう。

頭の中で響くのは、最近のお気に入りの一曲。『推しに願いを』。

あのアップテンポな青春応援歌を、アイは今日のライブでも披露してくれるのだろうか。

「〝頑張れ〟なんて言われたら、そりゃ、頑張りたくもなっちまうよな」

ゴローはなんの気なしに、窓から東の空を見上げた。

そこには、藍玉《アクアマリン》色に煌《きら》めく一番星が輝いている。

エピローグ

【OSHI NO KO】

SPICA THE FIRST STAR

epilogue

「──あ、一番星」

茜色《あかね》に染まる東の空に、ぽつんと星がひとつ輝きを放っている。それを見つけたのがなんだか嬉《うれ》しくて、星野《ほしの》アイは、つい「はー」と感嘆の声を漏《も》らしてしまった。

「そういえば、星なんて見たのは久しぶりだったかも」

アイは空を見上げながら、ホールの壁に背を預けた。ライブの開演まで小一時間。こうして星を見てのんびり過ごすのも、悪くはないかもしれない。

ここは、宮崎市内の有名コンサートホール。その駐車場だ。

周りを囲むのは、田んぼや森、大きな川といった自然の風景たち。人が住む家はまばらにある程度で、首都圏のようなビルはひとつもない。人工の光が少ないおかげで、夜空がものすごく綺麗《きれい》に見えるのだろう。ちょっと手を伸ばしただけで、すぐにあの星をつかめてしまいそうだ。

「うーん。さすが宮崎だね。東京じゃ、これは見られないなあ」

現在、B小町《こまち》は結成以来初の全国ツアーを行っているところだ。日本の南から順に全国十都市を回るツアーで、この宮崎会場がその初舞台である。

B小町にとっては、こんな全国各地を巡るライブを行うのは初めての試みとなる。東京でのライブは、だいたい常連の太客だけを相手にするものだったが、今回はほとんどの観客が初対面のファンたちになる。

おまけに、ライブ後には特典会も開催されることになっている。プレミアムチケットの所有者と、個別ブースで数分間の会話を行うことになっているのだ。

そういうわけで今回は、なにかと初めて尽くしのツアーだったりする。そのためメンバーの中には、緊張して真っ青になってしまっている子たちも出ていたくらいだ。

まあ、ライブ自体に支障はないとは思う。アイが「ほんとビビるよねー」と軽く共感してみせると、その子も「アイちゃんもそう思う?」と、ほっとしたような表情を浮かべていたからだ。あれなら、本番までにはなんとか笑顔を作れるようになるだろう。

実際のところアイは、今回の全国ツアーに対して特に緊張は感じていなかった。どちらかといえば「旅行楽しい」とか「ごはん美味《おい》しい」とか、そういうワクワク感の方が勝っていたくらい。こうやって東京では見られない夜空も、そんな楽しみのひとつだった。

アイの視線の先で、一番星が孤独に煌《きら》めいている。

「ほんと綺麗。望遠鏡でも持ってくればよかったかな」

夕暮れと夜の合間のぼんやりとした世界で、あの星はなにを思って輝いているのだろうか。ひとりきりで寂しいとか、そんなことは思わないのだろうか――。

アイがそんなことを考えていると、脇から「ここにいたのか」と声をかけられた。

「楽屋にいないから、探しちまったよ」

少し慌《あわ》てた様子で現れたのは、サングラスに開襟《かいきん》シャツの胡散《うさん》臭げな中年男性――。苺《いちご》プロの社長だった。名前は斉木《さいき》さんだっただろうか。相変わらず自信はない。

彼はアイを見て、ほっとしたような表情を浮かべた。

「なにしてたんだ、アイ。こんな駐車場なんかで」

「星が綺麗だったからさ。ちょっと見ておこうと思って」

「ホントか？　また楽屋で他の連中となんかあったってわけじゃないよな」

社長が、心配げな面持《おもも》ちで顔を覗《のぞ》きこんでくる。去年の夏に色々あったから、アイのことを気遣ってくれているのだろう。チャラい見た目のわりに、マメな社長なのだ。

アイは「あはは」と目を細めた。

「大丈夫大丈夫。みんなとは、それなりに上手《うま》くやってるよ」

日本中のみんなを応援する。これはアイが去年、決めた指針だ。この「みんな」にはファンだけでなく、B小町の仲間たちのことも含まれている。

自分だけが目立たないように。B小町のメンバー全員にスポットが当たるように。最近のアイは、なるべく周りのメンバーたちをアシストするように立ち回ることにしていた。カメラ写りのいいポジションをさりげなく譲ったり、トークタイムでは他の子たちに積極的に話を振ったり。普段の動画配信でも、ライブのときでも、それから練習中でもその指針は崩さない。

きっと、その対応が良かったんだろう。アイは現在、少なくとも表立っては不満をぶつけられるようなことはなくなった。外から見れば、Ｂ小町は十分に仲良しアイドルグループの範疇《はんちゅう》には入るレベルになったと思う。

「まあ、お前が頑張ってくれてるのはわかる。おかげで、Ｂ小町もツアー組めるぐらいにまで成長したわけだからな」

「そうそう、社長は私に感謝しないとね」

アイが冗談めかして告げると、社長は「十分感謝してるっての」と鼻を鳴らした。

「だがＢ小町が売れれば売れるほど、そのセンターの座ってのはデカい意味を持つようになる。これから先、やっかみも増えてくかもしれないぞ」

実際、社長の言うことはもっともだろうと思う。現時点でさえ、他のメンバーたちも内心ではアイのポジションに対して色々と不満を抱いているのを感じる。

だが、そこはあえて考えないことにしている。気づかないことにして、表面上は上手くやり過ごしている。この一年でアイも、「普通」の仮面を被るのがだいぶ上手くなったと思う。

「大丈夫じゃない？　私、嘘《うそ》が超得意だから」

アイが答えると、社長は「そうか」と複雑な表情を浮かべた。

「まあ、お前がそう言うなら、それでいいんだが」

「それよりさあ」アイは、夜空を指差して告げた。「社長ものんびり、夜空でも見てみたら？　めっちゃキレイだよ」

「夜空ねえ」

「若い女の子ばっか見てないで、たまには自然に触れるのも大事だと思うよ？」

「いやお前、人聞きの悪いことを言うんじゃねえよ⁉　俺だって年中、若い女ばっかり見てるわけじゃねえっての！」

アイは「どうかなー」と肩を竦《すく》めた。以前から社長は、若くて魅力的な女性には目がないのだ。たとえば、同じ事務所のミヤコさんみたいなタイプ。ああいうわかりやすいキレイ系が、まさに彼のストライクゾーンど真ん中なのだろう。

ふたりはそのうち結婚するのかな、とアイは思っている。愛とか恋とかそういう気持ちはまだよくわからないけれど、好きな人と一緒にいられるのは、きっと幸せなことなのだろう。

視線を空に戻し、先ほどの一番星を探す。

「ほら社長、あの一番星。すごい綺麗じゃない？」

「一番星？」

社長もまた視線を夜空に向けた。東の空の星に目を留め、「ああ」と頷《うなず》く。「あれは、おとめ座のスピカだな」

「スピカ？」

「別名、真珠星とも言ってな。その名の通り、宝石みたいに輝く星なんだ。青みがかった光は、どことなくアクアマリンって感じかな。いわゆる一等星ってやつだ」

社長の視線の先では、スピカが煌々《こうこう》と輝いていた。

一等星。それはつまり、星の王様だ。茜空の中たったひとつ、宝石のように孤高に輝くスピカには、たしかにどこか気高さのようなものを感じる。

アイは「へえ」と舌を巻いていた。

「てか社長、やけに詳しいね」

「そりゃあまあ、俺も昔、ちょっと天文をかじってたことがあるからな」

「あー。もしかして、女の子にモテるために？」

アイが尋《たず》ねると、社長は「いや別に、そういうわけじゃねえけど」と露骨にアイから視線を逸《そ》らした。これは完全に図星の反応だ。

社長は「とにかく」と、咳《せき》ばらいをして続けた。

「あのスピカってのは、実は双子星でな」

「双子星？」

「肉眼じゃひとつの星しか見えないが、実はそうじゃねえんだよ。専門的に言えば、連星ってやつだ。すぐ近くに、同じ軌道で動くもうひとつの星がある。ふたつの星がつかず離れず、寄り添うように輝いてるんだ」

社長の説明に、アイは「そうなんだ」と頷いた。

あの星はひとりぼっちじゃなかった。アイはそのことに、ほっと安堵《あんど》を覚えていた。

たとえどんなに暗い世界だろうと、双子なら心細くない。きっとお互いを支え合って、輝いていけるはず。そんな風に思えたのだ。

「双子で揃《そろ》って輝く星かあ……なんかいいよね。それ」

社長が「あん？」と首を傾《かし》げた。「そうか？」

「双子って、昔から憧《あこが》れだったんだよね。ほら、私には親も、きょうだいもいないし……双子ちゃんとか家族にいたら、賑やかで可愛《かわい》いなって」

「いやお前、これは星の話だぞ。人間の話じゃないからな」

そんな社長の言葉はまるっと無視して、アイは続けた。

「うん、そうだ。私がもし子どもを産むなら、やっぱり双子がいいな。絶対楽しいはず」

「待て待て待て、なに言ってんだ。お前は仮にもアイドルなんだぞ。子どもなんて十年……いや、二十年は早《はえ》ーよ」

社長は動揺したようにアイに詰め寄るが、そんなことは知ったことではない。アイドルとしての幸せと、母親としての幸せ。そのどちらも同時に目指したって、決して悪いことではないはずだ。

「ここは空気もいいし、自然も綺麗だし……。ねえ社長、私、子どもを産むならこういう場所で産みたいな」

「人の話聞いてる⁉『産みたいな』じゃねーよ！　勘弁してくれよマジで！」

「えへへ、それはどうかな？」

アイはにっと笑って、再び夜空に目を向けた。

一番星のスピカを見上げ、そっと手を合わせる。もしも神様がいるなら、この願いが届くかもしれない。

「いつか私にも、素敵な家族ができますように」

【推しの子】
Mother and Children 入場者特典
『視点B』
（著：赤坂アカ）

【OSHI NO KO】
SPICA THE FIRST STAR

アイが死んだのも、こんな雪の降る頃だった。

そんな気がする。

漠然としたイメージだ。

よくよく思えばあの日はライブの本番で、客も会場に集まっていたけれど、誰も傘など差していなかった。

そういえば、アイの葬儀の少し前に大雪が降って、交通網がマヒしたのを覚えている。

告別式の準備で喪服を買いに行くときに困った記憶もある。

本当のところ、アイが死んだあの日、雪は降ってなんていなかっただろう。

けれど、人は物事を少しずつ抽象化していく。

自分の心象風景と記憶をすり替えてしまうことが多々ある。

脳が自分の中のイメージを、さも本当に起きたことだと思い込んでしまうことは、多々あるのだ。

私があの日の出来事を、事実と違うただの印象として想起するほどの年月が流れてしまった。

それでも、十五年前のあの日起きたことは、アイの死とは、私にとって世界に初めて雪が降った日のようだった。

ハイブランドのコートを羽織ってみて、あまりの不格好に笑ってしまった。

コンビニに食事を買いに行こうと思い立ったものの、寒波が来てるとかなんとかで、今日は特に寒いらしい。

何も考えずに衣装棚から引っ張り出したのは、十年も前に買った美意識の象徴みたいな高価なコート。

そのマスタードカラーのトレンチコートは、素材の肌触りからしても今の私には違和感しかない。

コートの下から覗《のぞ》くのは、毛玉だらけでごわごわしたねずみ色のスウェットと水色の靴下。

ただ暖かいだけの部屋着と高級コートの相性は想像以上に最悪だった。

コートをリビングの椅子《いす》に放り投げて、スポーツサンダルに足を引っかける。

サイズの合わないこのサンダルは、昔同居してた男が置いていったものだ。

「まあいいか」

コンビニまでは徒歩三分。お洒落《しやれ》なんてするはずもない。

私は玄関前に放置していたウレタンのマスクを、顔を隠す気持ちで耳に掛ける。

部屋の鍵は上下ともかけた。これは身についた強い習慣だ。

マンションのドアを外側から見るたびに心の奥がざわりとする。

警戒心はいつでも強い方がいいと私は思う。

オートロックのエントランスを抜けると、横風が吹きつけ、思わず奥歯を噛《か》み締める。

十二月の風にただでさえ小さい身体《からだ》を縮ませて、コンビニへ向かう足を速くする。

途中の信号で、大学生くらいの男性と横に並んでしまった。

なるべく視線は向けないようにする。信号が青になっても私はすぐには歩き出さなかった。

この男性の前を歩けば、コンビニまでの道すがら、私の背中は彼の視線を受け続けることになる。それに抵抗感があった。

裏起毛のスウェットは暖かいが、それでも冬の風が首すじを突き刺す。けれど、凍《こご》える冬の風よりも、人間の視線の方が深く、強く、この身に突き刺さることを私はよく知っている。

私は男性の後ろを、いつもより半分くらいの速度で歩いた。

走ってしまえばすぐのコンビニが、ひどく遠く感じた。

ひどい気分だった。

「コート、着てくればよかったかな」

犯罪者のような気分で外を歩くよりも、少しくらいまともな服を着て外に出た方が精神衛生上よかっただろうか。

私は自分の心に後悔の気持ちが滲《にじ》むのを感じた。

けれど、どうせ来月同じことが起きても、私はこのねずみ色のスウェットのままコンビニに向かうだろう。

確信が持てる。

私の思考パターンはとうに錆《さ》びついていて、多少の感傷なんかでは、もう何も変わらない。

三十七歳になった私に、何かを変えようなんて気持ちは湧かない。

アイドルだったあの頃とは、すべての条件が違うのだ。

十七年前。

私は「B小町《こまち》」というアイドルグループに所属していて、それなりに売れていた時代もあった。

若さを存分に振りまいて、周囲から歓声と羨望を浴び、人々の視線の中にいる。

そういう時代があった。

当時は今とは比べものにならないくらい身なりにも気をつけたし、人よりお洒落であることが価値観のひとつで、そうでない人を純粋に笑うような人間だった。

可愛《かわい》いこと、綺麗《きれい》であることが何より大事と考えていた。

芸能界は、ルッキズムの極致だ。

女性を美醜《びしゅう》で比較し、美しいものに仕事を与える。

そんなことが平然と行われ、さも当然のように皆がそれを推奨する。

可愛くなれ。綺麗になれと。

社会に出てみれば、それがいかに異常なことであったかわかる。

どう考えても顔面で女性の価値を決める文化はおかしいし、そんなことが一般企業で行われたらハラスメントやらコンプライアンスやらで間違いなく大揉《も》めするだろう。

それでも、そんなルッキズムがまかり通るのは、私たちが商品だからだ。

ルックスはスペックで、学歴はニーズ。

髪型はバリエーションで、ファッションはパッケージ。

商品が綺麗であることは、販売元に課せられた最低限の義務だから。

袋の破けたポテトチップスなんて、クレーム付きで返品されて当たり前なのだから。


いつからだったろうか。

あの世界が嫌いになったのは。

アイドルが好きで、憧《あこが》れて、目指して。

初めてオーディションを受けたときには、マグマのように沸く気持ちがたしかにあった。

だけど、いつしかそんな気持ちも冷え切って、大きな石が胸の中をごろりと転がるようになった。

私は二十四歳の冬に、グループを抜けた。

アイドルじゃないことをしたかった。それができるならなんでもよかった。

何か夢中になれることがあればそれでよくて、しばらくはモデル活動の真似事をしてみた。

私には人より少しだけ顔が良い。というくらいの長所しかなかったから。

役者の仕事はしなかった。

事務所の勧めで演技のレッスンを受けたこともあったけれど、目の前の仕事に手いっぱいで、結局最初の数回だけレッスンを受けて、その後は顔を出すことすらなかった。

グループを抜けてすぐの頃は、元「B小町」という肩書きのおかげで仕事も取れた。

けれど、グループの内でも特に目立っていたわけでもない私には、結局、他のタレントと戦えるほどの武器がなかった。

徐々に仕事が減っていって、いよいよ生活するにも厳しい水準になった頃、「B小町」

そのものが解散した。

以来、私もとんと仕事が無くなって、所属事務所との契約更新が迫ったある日、社長のミヤコさんに「どうしたい?」と聞かれて、私は「どうしよう」って思った。

私に何ができるのだろうか。

歌って踊れて、若くて可愛い。私にはそれしかなかった。

いよいよ私も、業界的には若いとは言えない年齢になっている自覚もあった。

スタイリストがピンクの衣装を用意することもなくなって、ベージュや紺《こん》色が増えた。

けれど、漠然と、実家に戻るのは嫌だなと思って、働かなきゃなぁと思って、ミヤコさんに「働きます」と言った。

ミヤコさんは「そう」と言った。寂しそうな顔をしていた気がする。

気がするだけで、本当のところはどうだったのだろう。

覚えていない。そうであってほしいなとは思った。


事務所を退所した私は、しばらく就職活動を続けたのち、ようやっとWEB《ウェブ》サービスの営業職に就くことができた。

やはり、アイドルを辞めて働くことは簡単ではなかった。

興味のあった化粧品やブランド服の会社は全部落ちた。

二次審査くらいまで残ることもあったけれど、面接で聞かれることはあまり仕事に関係のないことも多くて、ただ単純に採用担当者の私的な興味だったと、私でも気づくくらいで。

芸能界の外は、「芸能人」に対しての態度が露骨で居心地が悪かった。

「元アイドル」という経歴は、人の興味を引く一方で、「アイドルだから」とレッテルを貼られる。

人によってはそういった存在自体が不快らしく、「アイドルなのに」とあからさまな嫌味を言われることもある。


ごめんね、アイドルなのにあんまし可愛くなくて。


結局、私が営業職に回されたのも「元アイドル」という経歴があるからだろう。

「取引先にかつての私のファンがいたら儲《もう》けもの」

という思惑がそのまま人事に表れている。

実際、私と同世代で、芸能界をやめた元アイドルの友人も、なんだかんだで営業職に回された子が多いように感じる。そういうもんだ。

アイドルで売れたからといって、その後の人生に大きくプラスになることはないし、どうせなら良い大学に行ってた方が収入的にも安定しただろう。

アイドル時代に貯《た》めたお金も、全盛期の頃はそれこそウン百万とあったはずなのだけれど、アイドルをやめて、働き始めてから四年後くらいには、もうほとんど底を突いていた。

昔は、家も、最後の方は家賃補助が付いて、高層マンションの十四階とかに住んでたけれど、今は郊外の家賃九万のワンルームだ。

どうしてこうなったんだろう、とも思わない。なるようになっただけだ。

お金とはそういうものだって、後から気づいただけだ。

若さって、若いときにしかないんだなって、改めて気づいただけ。

あのトレンチコートも、アイドル時代に買ったものだ。

綺麗で若く、可愛い頃の幻視。

もうどうせ着ないのだから、捨てるなり、売るなりすればいいのに。

そうできないのは未練だろうか。

時々、アイを羨ましく思うことがある。

今でも記憶の中のアイは、若くて美しい。

アイ以上の女性はこの世にいない。そんな風に、思ってしまう。

これも記憶の幻視だろうか。

そうであってほしいと思ってしまうのは、私の願望か、あるいは私の勝手な押し付けか。

若い頃は、老ける前に死んでしまおうとか、年相応なことを思っていたけれど、未だしぶとく生き延びている。

「そういえば、昔そんな歌を歌ったっけ」

＊＊＊

私は腹が立っている。

それは、こないだの、私の生誕祭の告知画像にセンスがなかったことでも、その生誕祭で、メンバーが振りを適当に覚えていたことでもない。

たしかにそれもむかついたけれど、今、一番私を苛《いら》つかせる理由はそれらじゃない。

彼氏にフラれたことだ。

正確には、別れ際の彼の言い草が気に入らないのだ。

「めんどいって」

たった一言。

そう彼は、心の底から面倒そうに言ったのだ。

ライブ前の控え室。

メイクの順番を待っている間なんて、スマホを弄《いじ》るか、だだしゃべりするかの二択しかない。

「付き合って二カ月くらいだっけ?」

「根性ないね。別れてよかったじゃん」

私はメイク机に置かれた他のメンバーの私物を机の隅《すみ》に押しやり、少し大袈裟《おおげさ》に肘《ひじ》鉄砲を食らわせる。

「それはそう思うよ、でも、もう少し別れ方ってもんがあるじゃん」

「最後くらい綺麗に終わらせたいじゃん」

「もう何もかも最悪! 帰ったらやつの私物全部ゴミに出してやる!」


私服をキャリーケースに押し込みながら、私は最近入ってきたメンバーのカナンに叫ぶ。

カナンは髪を弄りながら話を聞いてくれる。

いかにも清楚《せいそ》な黒髪ロング。

どれだけ激しく踊ってもサラサラ感があって可愛い。

もちろん、その黒髪もヘアメイクのためにスプレーで強固に固めてるから、実際触ったらパリパリなんだけれども。

カナンは固まった前髪をほぐすように弄りながら言う。


「実際、面倒くさいと思われるようなことしたんでしょ?」

図星を突かれた気分になる。けれど、心は一向に納得する姿勢を取らず、脳がどうにか反論を絞り出そうとする。どうにか自分が被害者になるように。

「……だって、こないだ横浜《よこはま》でライブした帰りに会おうって言ってきて」

「中華街で店予約したーとか言うんだよ？」

「それだけは無理。って言ったらキレられてさ」

カナンは天井の隅に視線を送る。

「あー……」

そう言うと、得心がいったのだろう。声のトーンに同情の色がのる。

「ライブ帰りのお客さんが大量にいるだろうに！」

「そんなことも想像できないやつなんだよ」

カナンにも思うところがあったのだろう。天井の隅をなぞる視線が、自分のネイルに落ちてきた。

「難しいのかもね、普通の人にはその辺」

私はその言葉に、少しだけ引っかかりを覚えた。

「普通の人」。そう発するカナンの口元には、少しだけ自信の笑みが浮かんでいる。

あたかも、自分は普通ではない。特別な人間だと言ってるかのように。

「B小町」というアイドルグループは割とメンバーの入れ替えが多いグループだ。

カナンは結成から通算で十一人目のメンバーになる。

結成から四年。五人がやめて、七人が入った。

カナンは地方のアイドルグループで一年ぐらいやった後、そのグループが解散して、うちに来た経緯がある。

だからそこまでこの界隈《かいわい》に疎《うと》いわけでもなく、コイバナもまぁまぁできる。

「Ｂ小町」はメンバーの仲があまり良くない。

というのも……。


「おはよっ☆」


すらっと細い手足。長い黒髪。自信に溢《あふ》れた瞳。

十五歳には見えないほどに大人びて、それでいて年相応の若々しさをもつ少女。

うちの不動のセンター、アイ。

彼女が廊下を通り過ぎた。


「……」


カナンが押し黙ったのを感じ取った。

彼女こそが「Ｂ小町」が不仲の原因。

アイは運営に露骨に推されていて、ほとんど「B小町」の顔みたいになっている。

「途中から入ってきたのに」創設メンバーはそう思う。

「私たちにチャンスはない」新メンバーはそう思う。

もちろん、一緒にやってる仲間なんだから仲良くしなきゃとは皆思う。

虐《いじ》めとかはないし、陰口《かげぐち》とか言い合ってるわけでもない。

ただみんな思うだけ。

面白くない。

妙にギスギスしてて、個々で仲良くすることはあっても、全体としてはどうだろう。

ちょっと空気悪い。

もちろん表では仲良く撮った写真をアップするけど。

きっと、メンバーの入れ替わりが多いのも、アイが要因のひとつ……なのだろう。

まあ、私は別にアイのことが嫌いではない。

そういう言い回しになるのは、アイ自身が他のメンバーと仲良くしようと思っていないからだ。

本人はにこやかに接してくるし、ちゃんと言動も弁《わきま》えていて、ストレスを感じない。

けれど、アイが発する言葉は定型文のような、模範回答のような、社交的な言葉だけで、まるで本心が全然透けてこない。

「壁を感じる」というのが一番ストレートな言い方か。

私としては、適度に距離を取ってる分、好きにも嫌いにもならないよねって感じで。

たしかに、運営から露骨に推されてるアイに対して不公平さを感じることはあるけれど、まあそれも仕方がない。

可愛いから。本当に。

私としては、グループの牽引役《けんいん》になってるアイに感謝するところも多い。

弱小事務所の思いつきみたいな地下アイドルグループが、今は地下を脱出してメジャーデビューまでこぎつけた。

まぁ、活動は地下の頃とあんまり変わりないけれど、それでもアイのおかげでメディアに露出する機会が増えているのは間違いない。

ネットのアンケートでは、「次にヒットするアイドルグループランキング」で一位にもなった。

まさにこれからって感じ。いいじゃん。


いつの間にか控え室はライブ前の繁雑な空気に戻っていた。

「彼氏はしばらくいいかなぁ……」

独り言のようにつぶやいた言葉にカナンが答える。

「それは殊勝なことで……」

「でもそうした方がいいかもね。週刊誌に撮られたら大変だし」

カナンが滅多なことを言う。

「週刊誌……？　まさか。撮られないよ。相手が大物だったら話は別だけどね。私たちみたいな弱小の記事書いたって、売り上げに繋《つな》がらないでしょ」

この手の釘の刺し方は色んな人間にされる。

けれど、それを言うのは決まって芸能界を狭く見てる人間だ。

私たちはファンが思うよりも、ずっとこの世界の末端で、一部のスターたちとは住む世界が違う。ファンが思うよりずっと私たちは注目されていない。

「まあ、週刊誌はそうかもしれないけど……何があるかわかんないじゃん。一応アイドルやってるんだし、交友関係は大人しくしてた方が良いと思うよ」


そう言ってるカナンも前のグループのとき、そこそこ有名な俳優と付き合ってたのを私は知っている。

今となっては、そのときのカレシのことを若い子好きのロリコン野郎。と、散々に言っているからカナンも当時のことは後悔してるんだろうけれど。

この業界には、若い子の無知につけ入る大人が本当に多い。そんな環境を男女の関係に利用しようとする男性も少なくないから、周りが守んなきゃいけない。

でも、大人の世界に憧れる子を大人扱いしてくれて、高そうでお洒落なシャンパンを差し出されたら。

うっかり自分も大人だと思って、そういうことになる気持ちも……わからなくない。

ちなみに私の元カレは二十一歳のバンドマンで、私は十八歳だったから、ギリセーフだったけど、それでもなんとなく、アウト寄りのセーフかなぁーと思ってる。


「私は……なんか、普通の恋愛がしたい」

「それなぁ」


アイドルだって恋愛がしたい。

けど、大人と仕事してると同年代は一層子どもに見えてしまうし、事務所の締め付けは厳しくて、極力男性からは隔離される。

当然こんな恋バナなんて、マネージャーの前ではできるはずもない。

実際のところ、恋愛に発展しうる男性に出会う機会は少ないのだ。

だからこそ、いざ友人の紹介やら、変な飲み会やらで男性と出会う機会があると、羽目を外しがちだったりする。

締め付けが厳しい事務所の子ほど、反動が大きい。

これはマジ。

付け加えるなら、変な飲み会で出会う男はだいたいろくでもない。

付き合うとろくなことにならない。

高いだけのスパークリングワインの味なんて、知らない人生の方が良い。


ステージがライトで照らされる。

観客たちのざわめきが、歓声へと変わる。

メンバーがひとりひとり、跳ねるようにステージへ飛び出し、ファンはそれに歓声で応《こた》える。

そして、それはアイが小走りで、メンバーの中心へ合流したときに最高潮を迎える。

お決まりのスタート。

色とりどりのサイリウムの中でも、アイのメンバーカラーである赤色がひときわ眩《まばゆ》く客席を染める。

人気に応じた歓声や、サイリウムの色は残酷《ざんこく》だが、もはやそれで動く感情もない。

アイドルの文化として、人気の明確化は許されているのだ。

アイの背中越しに見るファンの姿は、少し怖い。

ここは、心おきなく歓声を受けて喜べる場所ではない。

縋《すが》るように、自分のメンバーカラーである黄色いサイリウムを探し、ふっと息を吐く。

歌声が会場を包む。

「B小町」のメンバーは、現在六人。

歌割りはアイの担当が多いものの、マイクがオフになってないだけ大人数グループよりかはマシかもしれない。

二十人近いグループになると、人気下層メンバーのマイクはそもそも電源が入っていない。

機材的にも、音を拾えるマイクの数は十六本が限界のところが多いのだ。

八本が限界というところもある。マイクミキサーの入力が八つであることが多いので、だいたい使えるマイクの本数も八の倍数ということになる。

運営の意図だろう。「B小町」の曲は愛をテーマにした曲が多い。

ファンに向かって「愛してる」とか、「好き」だとか。

ガチ恋ホイホイな曲を歌ってると、さすがに申し訳なさがある。

私はガチ恋営業が苦手なので、ファンとはフレンドリーな関係性を築きたいと思ってる。

さすがに彼氏がいる身でガチ恋のファンを釣るのは良心が痛むものだ。

だからこそ、こういうガチ恋曲を歌うときは複雑な気持ちになる。

彼氏にフラれてどうのこうの言ってるときに歌いたい曲じゃない。

大サビの締め、客席を指さして「愛してる」と叫んだ。黄色のサイリウムめがけて。

胸はほんのり痛んだ。

ステージを終え、ライブハウスの裏口から車で移動。

隣町の駅で降ろされる。

家まで電車で三十分。アイドルだって電車を使う。

そんな当たり前のことが、とても億劫《おっくう》になる日もある。

もちろん、考えていたのは別れた彼氏のことだ。

鬱々《うつうつ》とした気持ちを、どうにか晴らせないものかと、冷たい風にあたってゆっくり考えたかった。

駅の裏手にある公園で、ベンチに座って空を見る。

綺麗にぱっくりとふたつに割れたような月を眺めれば、何か思いつくかと思った。

けれど、私は話し相手がいる方が色々思いつくタイプだったようだ。

実際、私は結構な寂しがり屋で、いつもどことなく不安で、いつも褒めてほしいし、認めてほしい。

そういう感情に手っ取り早く効くのが恋人だ。同性に愚痴《ぐち》を零《こぼ》すより、異性に愚痴を零した方が慰められた気がするのはなぜだろう。

私はきっと、恋人がいないと上手《うま》く自分の心を守れない人間なんだと思う。

彼氏はしばらくいいかなぁと言ったばかりのくせに、良い男がどっかにいないかなぁと考えてる自分がいて。

てか、そもそもアイドルに向いてないいんじゃないかって思う。

恋人と一晩過ごしてすぐに、ファンに向かって「大好きだよー！」とか叫ぶ。

普通に考えて裏切りだし、アイドルになる前はそういうアイドルが一番嫌いだったのに。

でも、しょうがないじゃん。

男好きはたぶん生来のものだ。

ファンを好きになってもファンと恋人になったらアウトなんでしょ？

じゃあ誰が私を抱きしめてくれるの？

このどうしようもない私の、どうしようもなくぽっかり空いた空洞を、どうやって埋めたらいいんだろう。

そんなどうしようもないことを考えていると、突然声をかけられた。


「やっ」


明るくも、少し機械的に聞こえた声の方を見やる。

そこには、綺麗な顔に似合わないファストフードの紙袋を抱えて、公園のライトを背に浴びて立つ少女の姿があった。

「アイ……ちゃん?」

「こんなところで何してるの?」


驚いた。

「B小町」のセンター、アイ。

まさかこんな状況で、こんな場所で、彼女と会うとは思ってもみなかった。

まるで予想していなかった状況に、少し戸惑う私とは対照的に、アイはいつものようにアイとして振る舞う。


「こっちのセリフだよー」

「私はここでご飯食べよーって、思って」

「ばんごはん」

公園のライトが彼女を背中から照らしながら、妙に生活感のある発言に私は妙なミスマッチさを感じる。

「私の家の近くって、飲食店ないからさー」

「駅前でハンバーガー買って、家で食べようと思ったんだけどさ」

そう言って、アイはおもむろに紙袋に手を差し入れ、勢いよく黄色い包み紙をすべて剝がし、包み紙をグーで握り、くしゃくしゃの包み紙をぽいっと捨てるように紙袋に戻した。

アイはハンバーガーを素手でつかみ、おもむろに一口かじった。育ちの悪さを感じる。

「それなら、家帰って食べなよ」

自由なアイの振る舞いに少し呆《あき》れながらも、居心地の悪さもあって、アイにそう声をかけた。一瞬、目が合った気がしたけれどアイはマイペースに会話を続ける。

「そうしようと思ってたんだけどね？　買ったらさ、早く食べたくなっちゃって」

「せっかく出来立てで温かいのに……。冷めちゃうじゃん」

「それでいい場所ないかなぁってうろうろしてたら、くっら――い顔の人がいて。しかも、よくよく見たらメンバーじゃない？」

もしかして、アイは私を心配してわざわざ声をかけてくれたのだろうか？

「……私、そんな暗い顔してた？」

「してたよ。この世の終わりみたいな顔してた」

「心配してくれたんだ」

アイはハンバーガーを咀嚼《そしゃく》しながら、視線を合わせずに微笑《ほほえ》む。

「……ふふっ」


……わからない。

本当にただの気まぐれでここに立ち寄っただけなのだろうか。

丸出しになったチーズバーガーにかじりつくアイの横顔を見て、そう思った。

食事に夢中になるアイの小指は、すでにケチャップで汚れているし、玉葱《たまねぎ》が少し地面に落ちたのも、私は見逃さなかった。

不思議と汚いとか、下品とか、そういう感想は浮かばなかった。

天真爛漫《てんしんらんまん》や、無垢《むく》、そんな感想が先にやって来る。

私が同じことをしたなら、他人は違う感想を抱くだろう。

だけど、なんとなく気になって、アイに声をかける。


「バーガーの包み紙は捨てなくていいよ」

「手で持つ部分は紙でくるんだままでさ……」

アイはハンバーガーに視線を落とし、少し考え込んだ様子を見せた後に呟《つぶや》いた。

「あっ、それはたしかに……」


心底「なるほど」といった顔で、紙袋の中に目をやる。

アイは世間知らずだ。たまにとんでもないところが抜けている。

スケジュールも忘れっぽいし、人の顔と名前が覚えられない。

正直社会で普通に生きていくのは少し難しいタイプの人間だ。

それは、「抜けている」とかそんなレベルの話ではないのだが、アイがやればそれも天才の証明。

きっとレオナルド・ダ・ヴィンチも現代に生きていたら同じことをするんじゃないかと思ってしまう。

小指のケチャップを舐《な》め取るアイの姿は、魅惑的だ。


「えっと……」


アイは私の顔を見て少し思案する。

けれど、すぐに何かを諦《あきら》めたように続ける。


「どうかしたの？　そんな顔してさ」

……きっと私の名前を呼ぼうとしたのだろう。

だけど思い出せなかったに違いない。

もしくは、思い出せたけど合ってるか自信がないとか。

現場でスタッフの名前を呼び間違えまくって怒られて以来、アイは人の名前を呼ばなくなった。

間違えた名前で呼ぶよりも、主語を抜くことを選ぶ。

アイはそういう人間だと私は理解してる。私は何も察してないような顔でアイを見た。

アイにとって身近な人は、さすがに名前を覚えてもらえるらしい。

だけど、どうやら私はそうではないらしい。アイと私はその程度の関係性というわけだ。

そのアイが私にまっすぐ視線を向けている。

こんな公園でバッタリ会った。そういう特別感からそうしてるのだろうと思う。

きっと、ここが日常の中、たとえば、いつものライブハウスの楽屋だったらこうはならないだろう。

アイと私はその程度の関係。けれど、その程度の関係性だから言えることもある。


「誰にも言わない？」

私の言葉に、アイは可愛らしく首を傾《かし》げる。


「言わないって断言はできないけどね」

「まあ、口は堅い方だと思うよ」

「言わなくていいことは言わない主義だし」

アイから誰かの噂《うわさ》話を聞いたことがない。

口が堅いのか、そもそも他人に興味があるのかわからないが。

「なになに？　面白い話？」

さも興味があるようにアイは訊《き》いてきた。

「面白くないよ」

「ただ単に彼氏と別れたって話」

アイの表情は変わらない。

「あー……。それはそれは……」


ご愁傷様《しゅうしょう》です……と言わんばかりに困り眉で手を合わせてくる。

茶化しているのか、本気でやってるのか、判断がつかない。

私のムスっとした顔を受けてか、アイは紙袋を傍《かたわ》らのベンチに置き、まっすぐ向き直って聞いてきた。

「好きだったの？」

ずいぶん変わった質問だな、と思った。

そもそも付き合ってたのだから、「好きだった」と答えるべき質問なのだろうが、アイが言うとなんだか深い意味を持つ質問に思えた。

公園の横を電車がけたたましく通り過ぎる。

その音の中で答える質問でもない気がして、少し黙り込む。

その空気をアイも察したのだろう。公園の注意書きに視線を移した。

電車が通過するまでの短い間に、アイの質問に対する答えを探した。

あんな別れ方をしたものだから、腹が立つ気持ちが一番手前に来ていたが、今一度冷静になる機会を与えられた気がした。

「好きだった……んじゃないかな。うん、好きだったと思う」

電車が去った。わずかな静寂の後、私は自分に言い聞かせるようにそう答えた。

口に出したら、悲しくなった。

人は、悲しみを受け入れたくなくて怒るのかもしれない。

猫も転べば爪を研《と》ぐ。

「そっか」

アイの表情は変わらなかった。

「苦しい、よね。たぶん。そうなんだよね」

その困り眉は、先ほどと同じ形をしていた。
しかし、今の表情は茶化している感じではないとわかる。
私の答えにどう返事をすればいいかわからず、本当に困っているのだろう。
けれど、アイのその言葉に共感はない。
私に投げかけられた言葉は、おそらく確認だ。
人の名前を呼ぶことに自信が持てないのと同じように、人の感情を察することに自信が持てないのだろう。

「ごめんね……。こういうとき、どう慰めたらいいのかわからなくて……。あんまり気の利いたことが言えなくて」

私はくすりと笑ってしまった。

アイがこういう反応をすることはなんとなく予想していた。

だからこそ話したのだ。


格上の人間を目の前にしたとき、ライバル視して競い合おうとする人がいる。

もしくは、迎合《げいごう》して、自身と同一視しようとする人もいる。

私はどちらか。

きっと私は、そのどちらでもなく、アイを人間として見ないことを選んだ。

私みたいな人間は、一度嫉妬《しっと》してしまえば、その人をどこまでも憎む。

それが疲れることを私は知っている。

昔、私はピアノをやっていて、コンクールで賞に掠《かす》るか掠らないかをうろうろしてた時期、上手い人を妬《ねた》んで仕方がなかったことがある。

上手い人を見ればきりがなく、きっと一番になるまで終わらない。

そこまで頑張ってなかった私でもそうなのだから、きっと私の上にいた人たちは更なる地獄《じごく》にいたのだろう。

それでも音楽は好きだった。

音楽を仕事にしようだなんてそんな覚悟はないけれど、このアイドルという職業に逃げるようにしがみついて、逃げた先でまで争うのは嫌だった。

私が上に行けない人間だということは、もうわかってる。

「B小町」の躍進は、アイの功績だということに、嫉妬はしない。

私はアイを自分と同じ人類だと思っていないから。

だからこそ、猫に話しかけるように、神に祈るように、独り言の相手にアイを選んだ。

きっとアイだったら、「アイドルなんだから男を作るな」とか、「私の性格に問題がある」とか、そういう言葉で殴り返してくることはないと踏んで話をした。

アイはその辺にいる普通の人間じゃない。

だからこそ、仲の良いメンバーには話せないことも話せる。


「苦しい」

「そっか」


アイが私を見る。

共感は求めない。


「フられて辛い」

「仕事を理解してもらえないのは辛い」

「男に依存しようとする自分が嫌い」

「ファンを好きになっても、頭を撫《な》でてくれない。抱きしめてくれない」

「ファンを好きになっても、無駄だと思ってしまう自分がイヤだ」

「けれど、ファンを裏切るのもイヤだ」

「罪悪感なんて感じたくない」

「アイドルは恋をしてはいけない。という常識が苦しい」

「向いてないならやめれば？　って言葉が怖い」


溜まっていた澱《おり》を吐き出した。

アイの表情は変わらない。ただ、私を見るだけだ。

吐き出す言葉は止まらない。


「早く実家出たい」

「マンションの壁も床も薄くて、夜に練習できないのが辛い」

「兄が引きこもっててウザい」

「親が就職しろってうるさい」

「染めた髪の色が地味に気に入らない」

「冷たい弁当が苦手」

「フォロワーの数が伸びなくて辛い」

「生誕祭の告知画像がダサい」

「推しの舞台のチケットが外れてしんどい」

「最近寝れなくて辛い」

「電車で痴漢《ちかん》してくるやつに滅んでほしい」

「スマホの画面が割れてウザい。今年三回目」

「昨日買った芳香剤が、おじいちゃんの家の臭いして辛い」

「お金がない」

「なのに兄が金をせびってくる」

「SNSで卑猥《ひわい》な画像送ってるやつがウザい」

「配信のときに、かまってちゃんなファンがウザい」

「アドバイスしてくるやつがウザい」

「大学行けばよかったって、いつも思っちゃう」

「兄のゲームの音がうるさい」

「ネットで私の個人情報垂れ流す同級生がウザい」

「高かったブレスレットがどこに行ったかわからない」

「クリスマス直前にフラれたのが辛い」

辛い、なぁ。

「あ――――生きづら――――い！！」


アイがぽけーっと私を見る。

ちょっと見たことのない顔だった。


「……大変だね」

私は一矢報いた気持ちでくすりと笑う。アイを驚かせてやった。こんな顔をさせてやった。

「そうだよ。そのあたりにいる人みたいに、普通に普通の苦労してるよ」

スターじゃない。アイドルじゃないみたいに。

ごくごく普通に生きてるアイドルの私は、普通に人生が大変だった。

「でも、ありがとう。吐き出したらちょっとラクになった」

アイが私をまっすぐに見る。

「それならよかったけど……」

アイが何か言おうと、口を半開きで視線を右下から右上に泳がせる。

私はそれを見てまたくすりと笑った。

慌《あわ》ててるアイを見るのは初めてだった。無敵な子は、こういう風に慌てるのか。


「人生色々だよね……」

アイがようやく絞り出した言葉はそれだった。あってもなくても変わらないような言葉。


「あー、しばらく休みたい」

私は一仕事終えたみたいに、腕をぐいっと伸ばす。

「えーなんで？」

休みたいなんて、全人類共通の感情だと思っていたが、この子は違うのだろうか。

「話聞いてなかった？　どれが理由でもいいでしょ？」

アイは納得してない顔をしていたので、私も自分の気持ちの真ん中を探る。

「最近、ライブやるとメンタル削れる」

アイが静かに私を見る。

「……」

私は続ける。

「こんな気分のときに明るい曲とか歌うの」

「慣れてるとはいえ、結構メンタルに来るよ」

「自分の心とかけ離れたことを歌ってるとさ、ちょっとずつ削れる」

「ちょっとずつ、ロボットになっていくような」


　アイドルが病む。


「嘘《うそ》をつき慣れて」

「嘘に抵抗感がなくなって」

「身も心も嘘つきになっていくような」


　人の願望と理想の中に生きる。それって大変だ。


「そうなのかな？　その感じはちょっとわからない……」

「アイは強メンタルだなぁ。辛いこととかあったとき、ステージ嫌だなってならないの？」


「……」

　黙り込むアイに、少し攻撃的な口調で返す。

「なさそうだよね。アイちゃん無敵だし」

『何言われても響かなそうだし』という言葉は飲み込んだ。

私の攻撃が効いてるのか効いてないのか、アイは夜空に浮かぶ雲を横目で追いながら言葉を発した。

「無敵じゃないよ。私も普通に落ち込むし。今も現在進行形でめちゃ落ち込み期だよ」

落ち込み期、と言いながら顔はあっけらかんと、まっすぐ私の目を見ながら、いつものテンションで続ける。

「私……、親いなくて施設にいるって話したことあるよね？」

聞いたことはある。そのときもあっけらかんと、何事もないように話をしていた。

「そろそろ施設を出なきゃいけなくて、身元引き受け人を母親の親戚が申し出てくれたんだけど、いざ顔合わせしたら断られちゃった」

今度は私が黙り込んだ。

「何が駄目だったんだろうね？」

「理由教えてくれなかったんだよなぁ」

「色々考えちゃうよね」

「性格がイヤだったのかな？」

「母親の顔に似てたのがイヤだったとか？」

「アイドルやってるのが駄目だったとか？」

続けざまに語るアイを遮《さえぎ》るように、私はようやく言葉を挟む。

「めちゃくちゃモヤモヤしてるじゃん」

驚いた。アイがこんなに自分の話をすることにも、完璧だと思っていたアイが、そんな状況にあったことにも。

「え、それいつの話？」

「おととい」

そんなことがあったばっかりで、どうしてあんな風にステージに立っていられるのだろうか。

やはり、アイは特別なんだと思う。

「アイはすごいね」

ため息ひとつ吐く。

この子を理解しようとするには何度かの休息が必要だと身体が判断していた。

「私なんかさ……。ちょっと落ち込んだくらいで、ステージ出たくないとか言ってさ……向いてないのかな」

むむむと、何も響いてないかのようにステージの上みたいな仕草をするアイの本心はわからない。

「向いてないというか……。正直者だからなのかもね」

正直者、その言葉の意味を図りかねた。

「どういうこと?」

私は素直に疑問を口にした。

「私は元々、嘘つきだから」

淡々とした口調で、アイは続けた。

「アイドルとしての『アイ』って、本来の私とはきっと真逆のキャラクターで、でもなんていうか……。なりたい自分が、きっとそうなんだよね。アイドルやることが、なりたい自分に近づく作業なのかも」

アイドル論。誰しも時には語るものだけれど、アイのそれは少し違うように思えた。

「スタート地点が嘘つきだから、元の自分がなんでも結局同じっていうか」

これはアイの話だ。

「嘘も、ついてるうちに本当になるんじゃないかなって。明るい曲を歌ってるうちに、なんだか明るい気持ちになったりするでしょ? そういう感じって言ったらいいのかな。だから、ステージの上の私って、自分が目指す理想の地点なんだよね」

アイの表情はいつまでも作り物のままで。

「そこを目指して、近づこうと頑張ってさ。でもその理想ももっと高めてる最中で……。可愛くて、優しくて、無敵で、みんなを愛して、みんなから愛される」

アイの言葉は、少しだけ本音が含まれてるみたいな、だけど、どこか希薄さを感じるものだった。

「そういう人間に、なりたいって思うから」

「やっぱ違うなぁ……。私はそんな心構えでアイドルやってない」

無難な返事をする。アイの言葉は、正直私にはわからなかった。

違うステージの話をしてるのか、口から出任せを言ってるのかわからなかった。

だけどその姿は堂々としていて推される子って、こうなのかな。って思った。

「どうなんだろう……。本当はそんな気負ってやるもんでもないと思うんだけどね。どうせただのお仕事だし！　所詮《しょせん》アイドルだし！」

「所詮て……」

普通の人が言うなら、何かの強がりか、仕事への不満の裏返しなのだろうが、アイに裏はないように思えた。

「でも、アイちゃんと違って私には何もないよ」

「えー、小さい頃からピアノやってるって言ってたじゃん。何もないってことはないでしょ」

「ピアノなんて何万人やってると思うのさ」

「子どもにさせたい習い事」のトップに来るのがピアノだ。

私は学校の合唱コンクールでさえも、ピアノの伴奏に選ばれなかった程度の腕前で、自慢するのも躊躇《ためら》う特技だ。

「多くの人が始めて、やめていく。私はその大勢の中のひとりでしかないよ」


「そういうもんなんだ？」

「すごい特技を持ってる人ってそういうこと言うよね。自分でハードル上げすぎなんじゃないの？　せっかくできることがあるのにもったいないなぁって思うよ」

まるで進路相談の先生みたいなことを言う。

「こないだの曲、芽依《めい》ちゃんが作詞してたでしょ？」

アイは指先を私の鼻先に向ける。

「同じことしてみたらどう？」

「私が作詞するってこと？」

眉が下がる。思わぬ方向からの反撃だ。

「それだけじゃなくて、作曲も。できないの？」

「難しいこと言うね。そりゃ、お遊びでやったことくらいはあるけど……。所詮お遊びは
お遊びだよ……」

「所詮ってことでもないでしょ。全部は難しくてもさ、叩き台程度でもいいんじゃない？

きっとアレンジャーの人が良い感じに形にしてくれるよ」


「たしかにそうだけど……。無理だよ……」

私はとっとと降参して、この場を離れたい気持ちに駆られる。

けれど、アイは楽しくなってきたようで、声のトーンが少し上がっている。

「どうして？」

「どうして」と来た。アイは人の気持ちがわからないのだろう。

共感という機能が壊れているのだろう。恐らく本当に、そうなのだろう。

だけど、それとは関係なく。きっと私が今抱えてる気持ちは、私にしかわからない。

だって、そうだろう。

「だって……。恥ずかしい」

アイがぽかんとした顔をする。

「そんな理由？」

大層な理由を想像していたのだろうか。音楽のできる人間が、音楽をやらない理由。

それだけ聞けば大層な理由があるように思える。だけど現実はそんなもんだ。

「そうだよ！　急に『私、音楽やってました』感出してさ！　そんなのイキってるみたいだし……。なんか足掻《あが》いてる感出ない？　アンチを作らない最大の手段は、新しいことを何もしないことなんだよね！　最初にお出ししたコンセプトから一歩も外にはみ出さず、自分で作った枠の中でおとなしくしてることなの！」

「そうなのかなぁ……考えすぎじゃない？　音楽やってました感とか、そんなの出ないし、ファンもきっと応援してくれるよ。恥ずかしがる必要なんて一個もなくない？」

「ぐぬぬ」

それもわかってる。本当は、ただ単純に恥ずかしいだけだ。

未熟な自分を晒《さら》すことが、失敗することが怖いだけ。

わかってるけど今までそうしなかった歴史を、アイには今一度考えてみてほしい。

何度も検討して、そのたびにやめとこってなって、それでもそこを突かれたら恥ずかしくなるこの私の今までを。

今までも似たようなことを言われたことは何度もある。

そのたびに愛想笑いでやり過ごしてきたけれど。アイが言うなら、そう思う自分がいた。

「じゃあ……」

「もし、私が作曲したら、アイが作詞してくれる？」

反撃だ。「死なばもろとも」という言葉の意味を今知れ。

「えっ……？」

私はにこやかにアイの肩をつかむ。

「アイのセンスって独特だしさ、いい歌詞書きそうじゃない？」

これは本心。普通の人じゃないアイなら、普通じゃない歌詞を上げてきそうだ。

「む……無理だよ……。ははっ」


アイが照れる顔なんて、初めて見たかもしれない。


「私、中卒だから学もないし、日本語怪しいし……」

「駄目だよ！　恥ずかしがる必要ないって言ったのはアイじゃん！　いざ自分に振られたら意見変えるのはズルいなあ！　アイの歌詞、見てみたいなぁ」

完全な意地悪だった。どうだ、私の気持ちを思い知れ。そういう気持ちでアイに詰め寄る。

そんな私の悪意とは裏腹に、アイの態度は神妙だった。

アイはゆっくりと言う。

「……そう？」

「うん、本心だよ」

本心なのは、間違いがない。

「でも……。曲に歌詞をつけるなんて、そんな高等なこと、私できないよ？」

「歌詞が先でいいよ」

「アイの書いた歌詞に、私がメロディを付けるよ」

「それなら……うーん……？」


月と街灯が照らす公園に、私とアイはいた。

全然仲良くなんてなかったけれど、そのときの私とアイは、まるで学校の同級生みたいで、もしもの未来を語り合う仲みたいで、まるで、友達みたいだった。

＊＊＊

ファッション誌のインタビューで、アイの発した言葉が今でも記憶に残っている。

Q．一番仲の良いメンバーは誰ですか？

これに、私の名前を挙げてくれていた。

私がアイとマトモに会話したのは、本当にちゃんとしゃべったのは、結局、あの夜だけだった。

アイは、たまたまそれを思い出したのだろうか。

それとも、たった一日のあの程度の会話で一番になるほどに、アイと「B小町」メンバーの関係性は薄かったのだろうか。


あの夜から数日が経《た》ったある日、アイが歌詞を持ってきた。

私は正直、あれはあの場限りの話で、本当に持ってくるとは思っていなかった。

『作詞ノート』

表紙に太いマジックでそう書かれたノートを不安そうに手渡してくるアイの表情は、どこにでもいる十五歳って感じで、すごく可愛かった。

家に帰ってノートを開けば、そこには丁寧に書かれた文章が並んでいた。

ところどころ、消しゴムの跡が目立つ。

歌詞はひとつでよかったのだけれど、色々な詞が何ページにも渡って書かれていた。

あれでいて結構真面目なのだろうか。

この世界の、誰も見たことがないアイの姿を、垣間見た気がした。

最初の方はアイドルらしい歌詞や、世界平和のこととか、ケーキが食べたいみたいな詩が並んでいて、試行錯誤がうかがえた。

けれど、ページを追うごとになんだか洗練されてきていて、中でも『嘘つきの私』というタイトルが付けられた歌詞に目を引かれた。

不穏なタイトルに反して、中身は底抜けに明るく、誰かを励ますような歌詞だった。

明るく、楽しく……それはアイにとっての嘘なのだろう。

本当は、辛くて、苦しくて。

だけどこんなことを書く自分は、やはり「嘘つき」だ。

そういうメッセージが感じ取れた。

私は、スマホのレコーダー機能を起動して、ピアノの前に座った。

プロの人がどうやって作曲するのかなんて知らないから、難しいことは一切考えないで。

ピアノの旋律と、アイの作詞に合わせたガイドボーカルだけ吹き込んだ。

あの頃の私は、相も変わらず落ち込んでいた。

きっと私のファンの中にも、私と同じように、何かに落ち込んだり、暗い気持ちを抱いてる人も大勢いるに違いないと思った。

家の事情や恋愛、仕事で落ち込んでいる人へ。

ちょっとでも、気持ちがいい方向へ向かうように。楽しくて明るい曲を。

落ち込んでる私から、落ち込んでるあなたへ。

そういう気持ちで書いた曲。

あの曲は、「B小町」のとあるシングルのB面に収録された。
特に人気の曲というわけでもなく、誰かが歌い継ぐわけでもなく。
三十七歳になった私が、こんな夜に口ずさむだけの歌。

JUMP j BOOKS

■初出
【推しの子】〜一番星のスピカ〜　書き下ろし
【推しの子】Mother and Children 入場者特典『視点B』に一部修正を加えたものです。

【推しの子】〜一番星のスピカ〜

2023年11月22日　第1刷発行
2024年 6 月23日　第5刷発行

著　者
赤坂アカ × 横槍メンゴ ◉ 田中 創

装　丁
巻渕美紅（POCKET）

編集協力
神田和彦（由木デザイン）／藤原直人（STICK-OUT）

編 集 人
千葉佳余

発 行 者
瓶子吉久

発 行 所
株式会社 集英社

〒101-8050 東京都千代田区一ツ橋2-5-10
TEL［編集部］03-3230-6297
［読者係］03-3230-6080
［販売部］03-3230-6393（書店専用）

印 刷 所
大日本印刷株式会社

ホームページ http://j-books.shueisha.co.jp/

Printed in Japan　ISBN 978-4-08-703540-7 C0293
検印廃止